「掌櫃，我把妻子和女兒押給你們，看看能值多少錢？」

「甚麼？把妻兒也給賣了？兄台你是否對那玩兒上癮了，花光所有錢了？」

「老子沒錢到煙館了，只得把妻兒換來銀兩了，再不能抽大煙的話，老子也活不成了。」

一名瘦骨嶙峋的青年在當鋪裡說著，在對話間，還不時用袖子來抹眼和鼻所流出來的分泌物。這人不是要與妻兒分離而傷心得流下眼淚，而是煙癮發作，身體不自由主的流下淚水和鼻水。十九世紀以來，這類丈夫背棄妻兒而躺著吸鴉片的畫面，一幕一幕的在大清國土裡上演，國民彷彿麻目了。在這段時期，英國每年把數十萬箱鴉片運到大清，荼毒數以千萬的國民。為了吸食鴉片，他們傾盡了家財，最終窮困潦倒，無數家庭破碎。

與此同時，歐美商人爭相在北美，東南亞採礦及種植原料，他們誘騙大量華人穿洋過海的到大西洋或東南亞當廉價勞工，俗稱「賣豬仔」。當中超過一半人因染病及長期勞累過度而客死異鄉。

一張一張的賣身契沾滿著無數華工的血淚。

「咚！咚咚！」

「快開門！林福子，欠了我們的錢甚麼時候才還？」

「開門！別想躲起來！」

數名壯漢在一戶人家的門外叫喊著。

「娘親，他們是甚麼人？這麼兇的？」

「兒子乖，別出聲，他們找不到就會離開的。」

一名小孩躲在其娘親身後，被門外的叫罵聲嚇怕，然而外面的人並沒有如其所願離開，破門而入。

「給我搜！」

「姓林的，快出來！」

「大哥，這姓林的臭小子，家裡甚麼值錢東西也沒有！」

「慢著，他的娘子長得還可以呢！你們看！」

這數名壯漢把躲在桌下的一名婦人給拖出來了，把孩子嚇得不敢作聲。

「那小子沒錢還的話，就把這女人賣到妓院來還債吧！」

「大哥說得是！」

他們臉目猙獰的對著那婦人大笑起來。

「求求你們放過我們，我現在便去找相公來還債！」

「甚麼？放過你？還真的把我們當小孩呢？」

「大哥，求求你吧！我還有孩子要照顧，你們放過我倆母子吧！」

「別做夢了！我們不是開善堂的，我們明天會再來討債的！」

「放心，我們今晚會帶走你的兒子，好好看管著他呢！」

其中一位壯漢上前把孩子奪走。

「娘親！」那孩子驚得嚎啕大哭。

「大哥，求求你放過我兒子！」

那婦人跳在地上不斷叩頭，這些以討債維生的痞子哪會理會，只見他們賊忒嬉嬉，把孩子帶走，那婦人哭得呼天搶地，險些暈倒。過不多時，一名喝得酩酊大醉，站立不穩的醉漢走進屋裡。

「娘子，快拿銀兩給我！啊喲，你怎麼了？」

林福子喝得醉薰薰的，眯著眼睛看著。

「哪還有銀兩給你去抽大煙了？我們孩子給那些債主帶走了，都是你這該死的所惹的禍！」那婦人哭得死去活來。

「這個嘛，不用擔心，他們鬧著玩而已，想嚇我們來還錢。」那婦人一邊哭著一邊拉扯著丈夫。

林福子聽得這消息後，慌得酒意全消，坐倒在地上，六神無主的。一會兒後，他拿著剩餘一半酒的酒瓶走出家門。林福子雖年少成婚，育有一兒，卻生活潦倒。他的家族本是潮汕地方的富戶人家，但近年國事日衰，戰禍連連，加上旱災，令農作物失收，收入頓時大減。林福子嬌生慣養，面對家道中落而經受不起挫折，終日流連賭場和煙館，把僅餘的家產也敗光了。其父母看見這獨子如此的不長進，只得搖頭嘆息，在兩年間相繼去世。林福子漫無目的在街上徘徊，把剩下的半瓶酒也喝光了。

「沒酒了嗎？」

他看著瓶底傻笑著，一不留神被迎面而來的途人撞倒在地上。

「我真沒用，害了爹娘，現在還令孩子讓人帶走了！」

林福子倒在地上傻笑，旁人只道是一個醉漢倒在地上，漠不關心。

傍晚時分，他走到賭檔裡，想碰一碰運氣贏得銀兩以償還利息，好讓債主能消氣，把孩子釋放。豈料一摸衣袖裡，只有兩個銅板。賭檔的人見林福子滿身酒氣的，於是把他拋出去。過了不知多久，林福子被身旁的聲音弄醒，他昨天倒在賭檔後的大樹旁邊，迷糊間睡著了。

「嘩！這麼酸臭的？」

林福子一看，驚覺身旁有一條黃狗正在樹上撒尿，濺在他的臉上。林福子怒氣沖天，正想宰了那條狗，卻下不落手。待他想起兒子被擄走的事後，才驚覺現在已是中午。他立刻趕回家裡，只見屋裡凌亂不堪，卻不見其娘子。林福子跑到煙館裡，希望債主能再寬限多天期限。

「這不是林少爺麼？幹甚麼全身尿臭的？」

「求求你放過我娘子和兒子吧！」

「你這臭小子欠我們的大煙銀兩遲遲不還，只好把你娘子賣給妓院來抵銷了，那孩子就歸還你吧！」

「爹！娘親被他們捉了！」那孩子哭得雙目通紅。

「你們不能這樣！我現在去報官！」林福子氣得肺也幾乎炸開了。

「你儘管去報啊！那縣大人也抽我們的大煙，還未付清銀兩的，要不要我們護送你去？」

「這張便是你娘子的賣身契，證明以三百兩賣給我們的妓院，想贖回你娘子的話便要賠雙倍銀兩！」

煙館的頭目晃著一張賣身契。

那孩子看著這張寫著多行文字及蓋上手指印的紙張，也不知這是甚麼來著，只呆呆的看著。林福子怒不可遏，上前欲取回那張賣身契，卻遭迎面一擊，其左眼位置立時紅腫，然後被數名壯漢拋出館外。那孩子嚇得大哭起來，走到其父身旁啜泣。

「娘，我要娘！」

林福子抬頭看著兒子，感到羞愧難當，卻無可奈何。

「小當乖，我會給你找回娘親的。」他摸著兒子的頭說著。

他先把兒子帶回家安頓後，然後在廚房拿走一把刀，走到妓院去。

「快把我娘子交還出來！否則別怪我誤傷別人！」

林福子決定把性命豁出去，以捍衛他僅餘的男子漢骨氣、尊嚴，最重要的是把娘子帶回去兒子身邊。

「甚麼人敢在好逑院撒野？難道是不要命了？」

一名中年的女子說著。

「我娘子被煙館的人賣到這妓院了，大姐請你高抬貴手，放過她一馬，我會把贖身的銀兩送來的！」

林福子跪在地上說著。

「公子你先來我的房間慢慢的說，不要打擾其他客官的雅興。」那女子柔聲的說著。

林福子跟著這女子走到一間偏遠的房間裡，那女子突然高聲叫喊。

「快把這渾人給趕出去！」

數名護院突然走出來，強行把林福子拉進房間，然後把他按在地上，對其拳打腳踢。轉瞬間被揍得面目全非。護院把林福子趕出妓院，臨走前還不忘對其多踢一腳。妓院中的客人都在尋歡作樂，誰都不會去留意他。

「臭小子，你竟敢在我的妓院鬧事，下次再來生事的話，必定打斷你的手腳！」那中年女子說著。

「你們拐走良家婦女，我必定去報官！」林福子忿忿不平。

「你儘管去報官，讓全縣的人都知道你娘子被賣到妓院！我們是真金白銀買的，你有本事賠還雙倍銀兩來替你娘子贖身，沒有本事便滾回家！」那中年女子指罵著他。

天上下起傾盆大雨，林福子躺在地上，回想前塵，自己曾是富家子弟，一帆風順。現在卻是窮困潦倒，債台高築，妻子被賣到妓院去。落得如此田地，他只想尋死，離開這個陌生的世界。可是自己還有一個十二歲的孩子要照顧，不能就此了結生命。林福子近年染上抽鴉片的惡習，每每要花大量銀兩來付費，以至爹娘遺下的家財也給花光了。他在煙館覓得替客人倒痰罐的工作，還要清潔客人的煙槍，只有微薄的收入。林福子回家後，發現兒子還未睡，正在等待他回來。

「小當，你還未睡？」

「爹，娘呢？」

林福子難以回答，只得支吾以對，逃避兒子的目光。

深宵時分，他煙癮發作，痛苦難當，卻無可奈何，家裡已沒有多餘的銀兩來供他抽鴉片了。林小當眼見爹如此辛苦，以爲他生病了，忙端水來。當走近爹身前時，驚見其面容扭曲，流著淚水和鼻水，狀甚恐怖。清晨時分，林福子跑到煙館裡，乞求鴉片。

「大鵬哥，求求你分我一些煙，我快支持不住了。」

「你看看自己，你憑甚麼要我再給你大煙？你連娘子也給賣了。」大鵬嗤之以鼻。

「我還有個兒子！我可以賣給你，求求你現在給我大煙。」林福子躺在地上，拉著大鵬的腿說著。

「這個嘛，倒也可以考慮。」大鵬盤算著。

「跟我進來吧！我早就知道你離不開大煙的。」

林福子立刻跑到煙館，然後躺在蓆上，側著身子「騰雲駕霧」。

林小當見爹大清早急著走的，大概又是去抽大煙。娘親又不知所蹤，剩下自己在家裡，不禁迷茫。他走到街上，看見大大小小的貨運船，搬運工人正忙於把貨物搬到船上。誰都沒有空間留意著這小孩。中午時候，林福子吸食鴉片後，煙癮不再發作。他自知這一輩子已離不開鴉片，卻無力支付昂貴的費用。爲了吸食這害人不淺的鴉片，林福子敗盡家財，氣死父母，甚至要把妻子抵押來償還債款，他身邊只剩下一個兒子，所謂虎毒不吃兒，又怎能再賣了呢？

然而，當長期吸食鴉片的人突然停止服用，其煙癮發作時，往往痛不欲生，比死更難受。

「現在香港的洋鬼子聘請僕人，當然要受洋人的氣，但所得的待遇還好的，比留在這地方好。你把兒子送過去吧。」大鵬跟林福子說著。

「可是他年紀尚幼，不太好吧？」

「怕甚麼？現在很多戶家庭也把兒子送到香港發展，讓他們將來出人頭地，你不願意的話，其他願意的人多的是。」

林福子聽見這番話後，不禁心動。他自知讓兒子留在自己身邊，肯定不會有出息，甚至可能染上這煙癮，雖然自己已離不開鴉片，卻也不想兒子重蹈覆轍。

「大鵬哥，你說的話當真？不會是騙我吧？」

「當然是真的，你我相識一場，還怎會騙你？」

「那麼有門路嗎？」

「我同鄉認識洋行的人，我可以介紹給你。只要你替兒子簽下那張賣身契，就會即時給你首期工資，那你便有銀兩繼續來抽大煙，兒子數年後便可以回來，而且可以把賺得的工資來替你娘子贖身，何樂而不為？」

大鵬把話說得天衣無縫，林福子自然沒有懷疑，當即答應，約定明天傍晚把孩子帶到碼頭。

傍晚時候，林福子特意買來兒子平日喜歡的飯菜，以作餞行。銀兩是他跟大鵬所借的。

正當林福子步入家門後，卻發現兒子把家裡打掃得很乾淨，而且煮了米飯等待他回來。林福子這個時候才驚覺兒子已長大了，而且比自己小時候更懂事。

「小當，爹買了你喜歡的飯菜回來。」

這是他們倆父子僅有的獨處時光。

「爹，娘是否給壞人捉走了？我們一起去救她啊！」

「小當乖，你娘暫時沒事，別擔心。來，快吃飯。」

林福子把雞腿夾給兒子。

「小當，明天爹會帶你乘船到香港，在那裡比留在這兒更好，而且你已經十二歲了，要學會照顧自己。」

「甚麼？爹你剛才說要送我到哪了？」

「香港，爹有朋友介紹，他會安排你去替一戶人家工作。那兒雖然有很多洋鬼子，但你不要怕，好好的工作便是。」

「爹，你幹麼要我獨自到香港？你不跟我一起去嗎？」

林福子聽見兒子這話後，一時感觸，難以回答。

「爹要在這裡等待你娘親，而且我身體不太好，昨晚你也看見的。只要你在香港努力工作，把工資儲起來，將來便能再跟娘親一起生活了。」

林小當眼見爹生活潦倒，而且身體不行，唯有靠自己努力。一個小孩，所想的竟是那麼成熟。

「好吧，我就依爹所說的，到香港去。」

林福子看見自己的兒子這麼懂事，還比自己這個當爹的強，心裡著實安慰。這一晚，他本想多陪兒子。可是在深夜時候煙癮發作，終於要跑到煙館去，因為不想影響兒子，所以其妻子一直禁止在家中吸食鴉片。

深宵時候，林小當在床上哭泣，他既掛念著母親，又擔憂著父親。想到要獨自到那個陌生的地方，實在感到害怕。可是父親執意如此，只得硬著頭皮前去。翌日，林小當早早起床，把家裡打掃乾淨，然後再把昨晚剩餘的飯菜再蒸一遍，對於生火煮飯，他早已跟母親學會。

「爹怎麼還未回來？」

林小當看著家門，呆呆出神。

林福子本想在兒子出遠門前，讓其母親再見一次。可是總不能讓兒子知道母親被債主賣到妓院了。他在盤算著先把兒子賣身到香港的錢儲起來，然後再想辦法籌得六百兩把娘子贖身。他當然有想過到好逑院找娘子，可是以甚麼身分登門？以其相公身分的話只會讓彼此更難堪，總不能是以客人身分。

「我真是沒有用，現在唯有先讓孩子離開這會吃人的地方。」

林福子把所有希望交託在兒子身上。

「兒子，我們要起程了。」

「爹，你回來了！先來把飯菜吃了。」

看見兒子精心的打點一切，林福子不禁一怔，心腸軟了。當他擦著淚光時，衣袖上的大煙味撲面而至。

「總不能讓他跟著我這個沒出息的爹。」

臨出發前，林福子替兒子梳著辮子，自滿清入主中原後的二百多年間，漢人都要依著滿人的傳統，把腦後位置的頭髮結成一條長長的辮子。

「兒子，以後我和你娘不在你身邊了，你不要怕，數年時間很快過去的，你千萬不能跟別人抽大煙！否則將來和爹一樣，這輩子沒了。」

林福子語重心長的跟兒子說著。

「爹，你放心，你也不能再去抽大煙呢。娘親待你改變後便會不再生氣，回到家裡呢。」

林小當天真瀾漫的說著。

林福子聽見兒子這句話後，百般感慨。

「好，爹答應你，我會盡力的。」

傍晚時分，林福子帶著林小當到汕頭碼頭，岸邊四周布滿貨船，雖然天色已漸黑，工人仍在搬運貨物，忙個不停。這裡也是貨物的集散地，五花百門的貨品都會在這裡入口到全國各地或出口到南洋。自大清在鴉片戰爭及英法聯軍中戰敗後，被迫開放沿海地方通商，跟洋人貿易的商船在這古老的帝國絡驛不絕。

「喂，姓林的小子，我在這兒！」

大鵬早早到來，等著他倆父子。

「這便是你兒子？長得挺俊。」大鵬笑著說。

「是……是的。」

林福子也不向兒子介紹大鵬了，始終對方跟妓院的人是一伙的，有賣妻之恨。

「來，跟我來！」

林福子帶著兒子在人群裡穿過，抬頭一看，只見其中一座建築物屹立此地，氣派懾人，牌匾寫上「得記洋行」大字。

「來，我們進去！」大鵬臉露詭秘的笑容。

正當林小當跟著父親進去時，迎面有兩個壯漢步出，差點把林小當撞倒。

「今晚來了隻小豬仔啊。」

這兩個男子低聲的笑著。

「老兄，這就是昨天跟你說的林兄了。」大鵬跟洋行的掌櫃說著。

「你兒子多大了？」

一個帶著金絲眼鏡的中年男子說著。

「今年十二歲。」

「這個嘛，太小了，受不了苦，只怕虧本呢。」那掌櫃搖頭說著。

「沒問題的，這孩子年少不怕的，還生龍活虎。」

大鵬極力在說服掌櫃。

林福子對他倆的對話摸不著頭腦，而且煙癮差不多發作，滿腦子都是抽鴉片。

「我只能付一半的工資，你同意？」掌櫃說著。

大鵬滿不是味兒，可是有油水總勝於甚麼也沒有。林福子急於有銀兩來替娘子贖身，只得勉強接受。

「那你替兒子簽下這賣身契吧！」

掌櫃在一張寫著光緒十三年的賣身契寫上「廣東汕頭人士林小當」，然後讓其父簽押。掌櫃把首期工資給林福子後，催促他儘快把兒子送上船，其神情帶點緊張，就似生怕別人看見似的。

林福子和林小當到岸邊，只見運船的船身是木造的，雖略嫌殘舊，卻是寬大的，足以乘載近百人。林福子微感奇怪，用不著以大船來送兒子一人離開。

臨別在即，林福子自責在兒子出世後，也沒有好好的抱過他，而兒子現在已經懂事了。

「你到香港後要乖呢。」

「爹也要乖，不能再令娘生氣呢。」

林小當步入船身後，船夫馬上開船，沒有逗留片刻。林福子看著這艘船離開時，淚水滾滾而下。

「你這廝也太貪心了吧，爲了一點油水，居然騙那小孩去送死。」掌櫃抽著雪茄說著。

「少囉嗦，那可憐的孩子只能怪他的爹。」大鵬一邊點算著銀兩一邊說著。

林小當自出娘胎以來，從未坐船出海，不禁緊張起來，當他想入船倉歇息時，突然感到渾身的不自在，有一種強烈的壓迫感。其時天色已晚，已看不清船中情況。

林小當不敢作聲，耳中卻清楚聽見四周有他人的呼吸聲，朦朧的月光映在船上，林小當驚見船倉裡坐滿著乘客，有無數對眼睛在望向他，可怕之極！林小當欲立刻走出船倉，卻撞在別人身上。

「臭小子，你想要命的話就不要亂走。」一個乘客說著。

林小當大吃一驚，正當他想到船尾位置坐下時，也發現坐滿了人。

「為甚麼這船那麼多人的？」林小當大感疑惑。

海上風高浪急，海水灑在船上，點點水花打在乘客身上。各人都滿懷心事的，向遠方出發。這一晚雷電交加，海面刮起巨浪，漁民紛紛把漁船駛到岸邊停泊，避免在海上遇著暴風雨。然而，有一艘大木船卻在風雨中繼續航行，前往南方。

「大家不要亂動，丟進大海便完了。」

「現在天氣這麼壞，這船還要前進嗎？」

船上的人議論紛紛，在言談中，大家已聽見這船的乘客來自潮汕，福建等地，操著各地的口音。在他們當中卻有一位小孩，蹲在船尾位置。過不多時，滂沱大雨把他們淋得濕透了，紛紛想走進船倉裡。然而，在那裡也坐滿了乘客，坐無虛席。

「喂，你們想不要命嗎？快別動！」一名水手叫罵著。

這船在巨浪下左搖右擺的，險象環生。這個時候，一名乘客因站不穩被海浪拋出船外。幸好及時能捉緊船邊上的位置。

「快救救我！」那乘客高聲喊著。

然而，在這風雨中，人人處於生死關頭，誰都不願冒險走去救那乘客，只裝作聽不見聲音。那人似意識到不會有其他人甘冒大險來相救，只得長嘆一聲，再也支撐不住了。這個時候，有一人急走到船邊位置來。

「大叔，快捉緊我的手！」

那乘客想不到竟有人來救他，下意識間用手捉緊對方。可是，施救者似力有不足，無法單人把那乘客救起，反而自身也快要一同丟進海中，令其他乘客嚇得驚呼起來。

就在這電光火石間，有二人同時趕到，其中一人把那兩名乘客逐一提起，然後運勁拋給身後另外一人，這個能轉瞬間趕到船邊，而且把兩人提起拋給身後的人，其力度及方位拿捏準繩，這身功夫實在高明。另一人卻好整以暇，不慌不忙的把兩人逐一接過，使眾人看得大開眼界。

「兩位兄台出手相救，小弟感激不盡！」那乘客抱拳說著。

「你要感謝的人該是他呢。」其中一人向身後一指。

眾人所見的卻是一名小孩，那人正是林小當。

「剛才情況危急，小兄弟是第一個奮不顧身的相救。雖然年紀尚輕，可是這份俠義心腸實在令人敬佩！」

「小兄弟，剛才真感謝你，我叫白一筆，你呢？」

「我……我叫林小當。」林小當臉色青白，對剛才的事猶有餘悸。

「容兄，你的輕身功夫真厲害，剛才多虧有你呢。」

「貢兄見笑了，有你的太極拳把他倆接著才行啊。」

容不下和貢雷眼見剛才形勢危急，於是當即予以援手。

海面的風浪稍稍緩和，大雨也停下來，眾人也得以緩一口氣。

「小兄弟，你怎會在這船上的？難道也是到香港的？」白一筆問著。

「大哥叫我小當便可以了，我是去香港的。」

「甚麼？你年紀還小，也要賣身到香港工作了？」

白一筆這句話可同時刺痛眾人的內心。雖然在這船上的人的際遇各不相同，但也是為世所迫而最終要簽了賣身契而來。

「是啊，我家沒錢，我娘生氣走了，所以我要替爹到香港工作，賺取工資。」林小當說著。

容不下和貢雷聽見林小當的話，內心著實欣賞這孩子。

「可是小當你還是小孩，怎麼洋行也讓你簽賣身契了？真是無良呢！」白一筆怒罵著。

「洋行的人為分得多一點油水，哪管他是小孩還是大人？你看這船坐滿了人，還賺得少嗎？」容不下說著。

「我們甚麼時候才到達香港呢？」白一筆問著。

「香港就在廣州以南，我猜明早準到了。」貢雷說著。

林小當在船上看著大海，風兒迎面吹來。抬頭看著，可是在通往這條路上，其一生將會歷盡艱辛。

「怎麼還未到的？老子被風吹了一夜，現在肚子餓呢！」

「是吖，這船沒有停下，一直在走，應該早已到達才是呢。」

林小當被旁邊的對話聲音弄醒了，揉著眼睛。他張目遠眺，藍色的大海登時映入眼簾，天空上的烏雲已散，耀目的陽光閃閃生輝。

「大叔，你們剛才在說甚麼呢？」

「小當，我們在奇怪怎麼還未到香港呢。」容不下說著。

林小當從未離開出生的村落，也不知其他地方的距離是多遠。

「也許是我們著急了，再多待一會兒便到了。」貢雷淡定的說著。

「這船坐滿了人，想多走兩步也不行，看著也辛苦！」白一筆罵著。

「你這渾人要是再多說廢話，老子把你丟進海裡！」白一筆身後傳來這句話。

林小當嚇了一跳，轉身一看，只見是一名身材魁梧的壯漢。在盯著白一筆。

「你這渾人從昨晚一直吵吵鬧鬧的，老子看著就不爽！」

「你這臭小子待要怎樣？想打架嗎？」白一筆怒著說。

「請問兩位兄台待會兒是否會相助這渾人？」

那人問著容不下及貢雷。他在昨晚看見兩人身手不凡，故先試探對方是否會介入。

「小弟也是在昨晚才碰見這位白兄，至於你們是否要相鬥，小弟不便插手。」貢雷輕描淡寫的置身事外。

那人聽見滿意的答覆後便伸出掌來，欲把白一筆迫到船邊。

林小當見那人不懷好意的，便想上前的阻擋，豈料被身後一人拉回來。

「江湖上的紛爭，旁人最好袖手旁觀，小兄弟你還要好好學習呢。」

「可是白大叔會有危險嗎？」

「我們先留意著情況吧。」

就在貢雷跟林小當對話時，那壯漢已向白一筆展開攻勢。只見那人先虛晃一招，然後猛向對方下盤踢去。白一筆險些被那出其不意的一招踢中，急轉身避開。那知這是敵人的誘敵招數，那人正待白一筆避開，然後飛身將其踢倒。白一筆當即倒下。

「這便是榜樣！」那人臉有得色。

就在眾人以為白一筆不堪一擊時，卻大出意料。

「喂，剛才那一腿法不錯，可是力度欠奉呢。」白一筆站起來說。

那人不禁意外，當即打醒十二分精神，擺出架勢。這個時候，船倉的人知道船後位置有人在爭鬥，紛紛走來看熱鬧，人群眾多，使活動範圍大減。

「喂，你們在幹甚麼的？」一名水手上前喝問。

就在此時，有一人在其身前一晃。

「沒甚麼，他倆見閒著，鬧著玩而已。」

容不下縱身一跳，在對方身前說著。

那水手見此人說到便到，顯是身懷武功之人，當即不敢作聲。就在這時間，白一筆先打著呵欠的，然後卻突然走到對手背後，以右手捉拿著其右手，再把左手搭在其背上，使對方不能動之。

「白兄這套散手還不錯呢。」

「剛才還以為勝負已分。」

貢雷跟容不下笑著說。

林小當見白一筆露的這一手功夫，不禁喜形於色，想不到世上竟有武功。那壯漢動彈不得，臉紅得很，卻偏不服氣，拒不投降。白一筆見他也是個漢子，故手一鬆，把其放開了。

「滾遠點吧，別再來囉嗦！」白一筆喝道。

那壯漢對他怒目而視，然後轉身離開。

林小當見白一筆取勝，當即走到他身邊。

「大叔，這是甚麼玩意，竟能把人制服了。」

「這是我在江湖上混的技倆，他二人的武功也比我強了。」白一筆望著貢雷和容不下說著。

林小當也不懂誰比誰強，只覺這種功夫很帥而且實用，比爹沉醉於吸食鴉片、賭錢好得多。船上的人見比武完結，當即各自回到原來座位，有的本來只能坐在船尾的也伺機到船倉裡霸佔座位。

「喂，幹麼坐了我的座位？」

「誰說是你的？這船是你的嗎？」

船倉裡出現糾紛，乘客各執一詞，吵過不停，甚至動起手來。

這船在海上已航行了一整天，繼續乘風前進，絲毫沒有減速的跡象。

「難道這船不是到香港的？」容不下跟貢雷低聲說著。

「你意思是這船是載我們到其他地方了？」貢雷吃了一驚。

「有可能，這船沒有片刻停駛過，按常理早已到達香港了。」

「莫非是洋行的狗奴才騙我們了？」

「你先別跟他人說，我現在去探聽。」

容不下提氣一跳，輕輕的躍到船頭位置，其他人也沒察覺有人在上方掠過。

「還有這麼多天才到，千萬不要再遇到像昨天的風雨。」

「要是出意外了，給我們多少酬金也是白幹。」

「我們今趟要帶這船的豬仔到那老遠地方，酬金也不見得特別多。」

「洋行的掌櫃跟洋人分得的油水可多了，我們跟他們的命就不一樣了，還要陪這些豬仔去南洋，他奶奶的！」

「這些日子還沒有姑娘陪呢，真是沒趣。」

船頭的水手說個不停。

容不下在船頭上聽著他們的對話，不禁怒火中燒。他不動聲色的先回到船尾位置，把這消息告知貢雷。

「甚麼？這些人竟把我們當作豬仔了！」

「我猜其他人都不知實情，全都上當了。」

「容兄有何對策？」

「唯今之計，我們先把那些狗養的水手綁起吧！」

容不下和貢雷悄悄的走近船頭位置，他們以迅雷不及掩耳的速度先把數名水手綑綁在一起，然後捉拿著負責掌舵的水手的要害穴道。

「想要命的話，立刻把船駛回汕頭碼頭！」貢雷喝道。

正當他們以為得手之際，身後突然有人拿著洋槍開火，以示恫嚇。

「你們這兩隻豬仔不想活了？膽敢生事！」

容不下吃了一驚，轉身一看，卻見那人手持洋槍，雙目炯炯有神，自有威勢。

「楊大哥，快斃了這二人，他們嫌命長了！」其中一名水手說著。

正當那姓楊的臉現猙獰之色，準備開槍之際，容不下立時跑到其身旁，想硬奪洋槍。

只聽得「砰」的一聲響，在二人拉扯間，把槍火射在燈火上，使船身著火了。

就在這時，船上的乘客均聽到槍聲，紛紛走到船頭一看究竟。林小當在睡夢中，卻也被突然的槍火聲弄醒了。

「嘿，小兄弟，快起來。」

「白大叔，怎麼了？」

「船頭像有事發生了，大家亂作一團的，你千萬要跟著我走呢！」白一筆和林小當抬頭看，只見船頭位置冒著黑煙。

「我們先去救火，否則大家也沒命了！」容不下急向貢雷說著。

這艘船是木製的，所以當著火後，火勢就會迅速蔓延。就在這緊急關頭中，容不下脫下衣服蓋在火種上，其他船員見狀紛紛來幫忙把火撲滅。可幸起火位置不危及船身安全及沒有人因而傷亡。

「容兄，剛才怎麼會起火了？把大家嚇了一跳呢！」白一筆問著。

容不下見沒法隱瞞，便把所知的告知大家。

「大家聽著，這艘船不是到香港，而是去南洋的，大家上當了！」

容不下這話使眾人登時鼓噪起來。

「甚麼？我們要去南洋了？」

「我們被洋行的人『賣豬仔』了？」

「快停船，我要回家！」

就在眾人起哄時，昨天跟白一筆比武的那壯漢上前跟姓楊的水手理論。

「喂，你們這些混蛋要把我們帶到哪去？」

突然「砰」的一聲響，槍火穿過其身上，當場斃命。

「有誰不想活的話儘管上前！」

眾人見這壯漢突然被槍殺倒在地上，無不駭然。白一筆頓時感到歉疚，心裡不是味兒。

「你們這些人最好別鬧事的，否則別想有命活著回去！」那水手舉起洋槍說著。

這個時候，容不下縱身上前，然後使出擒拿手法捉拿對方。

「快下令其他水手回航，否則我弄斷你的手！」容不下厲聲的說。

「即使你把我們殺了，這船也不能回去，如果你們沒有到南洋的話，我們和洋行便要賠巨款了。要是這樣的話，我們寧可把船停泊海上，大伙兒活活的餓死，也不願欠洋人的錢。」那水手斬釘截鐵的說。

眾人均想到，要是這些水手把船停泊在海上的話，其他人不懂駕駛，那時候缺水缺糧，這可糟了，唯今之計，只有硬著頭皮到南洋，才能活著再圖後計。

「白大叔，剛才容大叔說我們被騙去南洋了，那是甚麼地方？」林小當問著。

「他奶奶的，竟把我們賣到老遠去當苦工，老子偏偏不服！」

白一筆氣得哇哇大叫的，上前欲把那楊的水手丟進海裡。

「白兄住手，別輕舉妄動！」

「我們再從長計議，別害了這船上百人的性命。」容不下和貢雷同時搶出制止白一筆。

「大家聽著，我叫楊惡，在這船上算我最大，你們只要聽聽話話的，那就好。如果有誰敢再生事的話，可別怪老子了！」楊惡揮動著洋槍，然後轉身回到船室去。

這一晚雨水沙拉沙拉的打在船身上，乘客狼狽不堪，心事重重的，連昨天還說個不停的白一筆此刻也低頭沉思，似乎南洋那地方遠比自己想像中更遙遠，往後日子會更充滿未知數。

「娘，你現在回家了嗎？還生爹的氣嗎？」

「爹，你還有去煙館嗎？」

林小當在矇矓中睡著了，偶爾感到雨水打在身上。

「臭死了，這船那麼多人大小便的。」

「就是嘛，我們還要困在這船上到甚麼時候？」

「剛才在船倉裡有人暈倒了，那裡太多人，大家透不過氣了。」大清早在船上傳來吵鬧聲音。

的而且確，衛生問題是船員面臨的最大問題，這載了近百人的大船，各人的大小便成為最棘手的問題，日子越久，其惡劣的衛生情況，臭氣薰天的環境，使每數天便有人暈倒，甚至死亡。各人只能每數天用海水稍稍的抹身子，有的甚至由始至終沒有清潔身體。過不多時，已有船員病倒。楊惡深知不能處理這些情況，只得袖手旁觀，任由他們自生自滅的，總之令這艘船駛到目的地便足夠，但大前提是最終有一半以上的船員能生還。

這艘船的船員都以為今趟只是短途航行，所以絕大部分的人員只帶了少量乾糧，有的更甚麼也沒有帶上。然而，出乎意料的行程使他們大失預算，只能餓著肚皮，每天只吃極少的乾糧充饑，有的會碰運氣，走到船邊來釣魚，有的甚至爭先搶奪別人的食糧，為保性命而無所不為。由於船上乘客眾多，出現擁擠的情況，所以乘客大小便也要蹲在一起解決，睡覺也要疊在一起，使他們感到極度煩厭，精神狀況接近崩潰。船上混觸的空氣，病毒在密封的船倉散布，船上乘客接二連三的病倒。過不多時，白一筆也染病了。他發著高燒，全身乏力。

「水……水」白一筆迷糊中說著。

林小當見他口渴得很，卻不知怎麼辦。不只白一筆，全船的船員都缺水。有的實在無法再忍受而打撈海水來喝，反而更口渴了，肚子脹了起來。

「沒辦法了，我看那姓楊的定有儲水而準備航行，我去借一點回來。」容不下說著。

當晚容不下走到船室裡仔細查找，他仗著輕身功夫了得，其他水手也沒有察覺。

「怎麼沒有水的？」

正當容不下搜索時，背後傳來說話。

「怎麼有一隻豬仔擅闖禁地了？」

容不下一聽勃然大怒，轉身一看，卻見一人拿著洋槍對準他，此人正是楊惡。

「你想來偷東西嗎？之前還裝模作樣的，原來是偽君子。」

「我是來借點水給病倒的船員喝，你們準有吧？」

「我們行船的，當然會預留水給自己，可是每天只可喝一點才能支撐到目的地。要借給你？那可不行。」

「你當天說要停泊這船在海上，來威迫我們繼續前往。誰知在這裡既沒有水又沒有食糧，現在大部分的人都病到了，我們上當了，我今天就解決你這惡賊！」

容不下使出擒拿手法，正要把對方制服時，楊惡側身避過，然後拿出一枚金針向他射去。容不下料不到對方竟懂這投器功夫，急躍到一旁避去。楊惡見不中目標，暗叫可惜。

「即使你能搶走我的水又如何？難道能給所有人？屆時你爭我奪的，豈不是更麻煩？」

「我救一個得一個便是了。」

就在這個時候，楊惡掏出三枚金針向容不下的上中下路擲去。他剛才的對話，目的便是乘對方分心之際而偷襲。容不下突見楊惡放暗器，急躍後避開，可是金針來勢急勁，始終躲不過往下路擲來的一針。容不下大驚，生怕敵人的暗器有毒，若不能及時服解藥，輕則殘廢，重則傷及性命。他急怒攻心，使出平生絕招猛向楊惡攻去，意圖同歸於盡。楊惡見對方來勢洶洶，急往後退，可是容不下窮追不捨，直追至船邊。楊惡拿出洋槍來，然後對容不下開槍。

「砰」的一聲，正中船身。

船上其他船員在睡夢中突然聽到這聲巨響，紛紛醒來。賁雷見容不下勢危，急向楊惡攻去。楊惡聽得背後風聲作響，顯是有人來襲，於是急向敵人射了金針。

「賁兄小心！」容不下急著說。

賁雷見眼前突如其來飛來暗器，急滾到一旁避開。容不下中毒後仍跟敵人周旋，加速毒氣運行，突然眼前一黑，昏倒在船上。楊惡拿著洋槍對準他身上，賁雷見狀心急如焚，卻來不及施救。就在這個時候，一個小孩從後摟著楊惡，使之動彈不得。

「不許你傷人！」林小當高聲叫著。

楊惡萬料不到竟有小孩在身後，他把林小當提起，然後綁在船邊上。

「小鬼，就讓你來喂魚吧！」

眾人見此情況均吃一跳，卻不敢跟楊惡對抗，只能默不作聲。

「姓楊的，你快住手，不要傷這小孩的命！」賁雷高聲說著。

正當楊惡想猛下毒手時，海面突然出現巨浪，整艘船搖晃著，楊惡站立下穩，不慎把洋槍丟在船上，他轉身欲撿回時，卻被自己剛才所發的毒針刺中，楊惡立時臉色倉白，四肢乏力，在船邊支撐著，突然船身晃動，在海浪上浮動著，楊惡滑足丟進大海裡，把其他人看得驚心動魄。

林小當被綁在船邊，搖搖欲墜，就在這危急關頭，貢雷使出太極拳中的「四兩撥千斤」，把林小當救回來。眾人見狀均拍手叫好，林小當除了受驚外並無大礙。過不多時，容不下悠悠轉醒。貢雷替他檢查傷勢，仗著內功有所底蘊，所以中毒不深，只需定時運功療傷便無大礙。

「小兄弟，今次全賴你，老夫才得以撿回一命。」容不下跟林小當說著。

「不……不是我的功勞，剛才我見那人實在太壞，情急之下走了上前，反倒害大家擔心了。」林小當一臉天真爛漫的說著。

容不下見這小孩兩次奮不顧身的相助他人，小小年紀卻有副俠義心腸，而且謙虛有禮，這連很多名門正派的弟子也比不上。他從貢雷得知這孩子剛才受驚了，所以不再打擾其休息了。

容不下和貢雷對於楊惡作法自斃，不禁搖頭苦笑，均知剛才若沒有林小當這樣插手，他倆免不了被楊惡羞辱至死。容不下把楊惡遺下的洋槍撿起，心裡已有打算。次日，容不下和貢雷找來其他水手，質問這船到底是往那地方去。

「這位大俠，小的不敢隱瞞，這船是到婆羅洲的。」

「甚麼婆羅洲？那是啥地方了？老夫聞所未聞。」

「那是英吉利人統治的地方，已經有很多華人到那邊工作了。」

「那是被你們和洋行的人騙去的吧？」

「這個嘛，既然大俠你和其他船員都簽了賣身契，不去的話那自然沒有工資了，反倒要賠錢給洋行的人，這不是賠大本嗎？而且我們還有數天便到達，難道在這時候才回去？」

容不下聽見這水手的話後也覺不無道理，當初大家甘願賣身到香港，各人自是為著工資。雖然目的地不是香港，但到那地方工作便有工資。如果現在折返汕頭的話，反倒要賠款了，而且很多人在途中染病甚至死亡，再折返的話，病死的人數恐怕是兩倍以上，這可是大大的作孽。容不下和貢雷均認為要繼續前往目的地，這是目前為止對大家最好的決定。

「怎麼天氣越來越熱的？老子我快熟透了！」白一筆汗如雨下的。

的而且確，這艘船自離汕頭後一直往南方航行，而到達亞熱帶地區。沿途上，陽光充沛，蔚藍色的天空在遼闊的大海海面呈現，偶爾會有一群海鷗在展翅飛翔，盡情的叫喊。林小當站在船邊，看著波光粼粼的海面，偶爾吹來海風。雖然他和其他船員一起困在這船上，可是這次的出洋是他首次接觸外面的世界。

「爹，娘，原來世界是這麼大的。」林小當心中想著。

過不多時，他們終於到達目的地。

「喂，大家快來看，前面有一個很大的島ㄚ！」容不下高聲叫著。

「他奶奶的，我們終於到啦！不用再困在這臭船上。」白一筆蹦跳著說。

自十九世紀中以來，大量華工被誘騙或販賣至南洋。他們大部分會被帶到馬六甲、蘇門答臘或婆羅洲等地當苦力，到當地的種植園或礦場工作。這些華工通常每天要工作十八小時以上，沒有溫飽，收入微薄。當中會有接近一半的人因經受不起監工的虐打、折磨及非人道的生活而死亡。逝去了一批華工後又會再來一批華工來打開地獄之門，使悲劇輪迴著。

「我們終於可以落地了！」白一筆急不及待的下船。

林小當見他在船上的時候還病倒的，現在卻精神奕奕的，不禁好笑。

「白大叔別走得這麼快，等等我吖！」林小當說著。

這個時候，在船下有一批人在守候著，而且手握洋槍。

「你們是從汕頭來的嗎？活的有多少？」他們問著水手。

「我猜還有五十多人吧，大概有二十人在途中死去了。」其中一名水手說著。

「大家聽著，我叫黃虎，除了老闆之外，這裡算我最大。你們來到這地方便要安份守紀的工作，誰要是敢跟我們作對，那就會求生不得，求死不能！」

黃虎掃視著各人，神態高傲得很。

「你們別想逃跑，這便是榜樣，給我押出來！」黃虎向身邊隨從示意。

只見數名手持洋槍的人，其中兩名看似是當地人，正押著多名華工在黃虎面前。

「這些人都是想逃跑的，結果被捉回來的，給我打！」黃虎說著。

只見那些人拿出鞭子來，使勁地往這些華工身上抽去，頃刻間皮綻肉裂。白一筆見他們被打得血肉模糊，實在看不過去，於是站了出來。

「你奶奶的，他們又不是殺了你全家，幹麼要受這種折磨！」

黃虎聽見白一筆這話，微感愕然。

「你這渾人不要命了？」一名隨從站出來說。

「怎麼了？想動手嗎？」白一筆叉著腰說著。

那名隨從向黃虎瞧去，等待示意。只見黃虎微笑點頭。

「我叫白一筆，今天實在看不過眼，來討教數招！」白一筆擺出架式。

「白大叔，你身體還未康復，不要跟他們打了！」林小當走到他身邊說。

「小兄弟，不用擔心，老子看著他們就不爽。」白一筆說著。

那名隨從聽著他們的對話後冷笑一聲，然後拿著鞭子走上前。

「接招！」只見那隨從把鞭子在地上一抽，發出懾人的聲威。

白一筆眼見對方以鞭子為武器，於是決定先發制人，急向其使出家傳散手絕技。那隨從姓田名血，多年來跟隨著黃虎在當地辦事，這些年來傷亡在其鞭下的華工不計其數。每次他跟人比武定要把對方鞭得奄奄一息才會罷休。

田血眼見對方來勢急勁，以快打慢的，已明其計策。於是把鞭子舞得密不透風，不讓對方有機可乘。白一筆連使多招也被田血的鞭擋著，盡數落空，他多次想強入陣地，卻始終不能得手，險些被鞭子擊中。田血見對方攻勢慢下來了，於是漸漸增加攻勢，他故意裝作只攻不守來誘敵。白一筆見對方中門大開的，機會稍縱即逝，於是急往田血身上攻去。田血眼見對方上當，微微一笑。

「白兄，留神！」容不下高聲說著。

白一筆不防有詐，肩上被鞭子打中。田血身經百戰，料定對方必定上當，所以在這一招上使上了全力，白一筆傷得著實不輕，手臂立時抬不起來，田血乘勝追擊，使出他的成名絕技「血鞭爪」，四方八面的向對方抽去，白一筆立時招架不住，倒在地上。原本被田血抽鞭子的華工見那老頭勢被活活的打死，不忍直視。正當田血抽得性起時，突然有一身影晃過。田血以為眼花了，眨了眨眼睛，可是當他想再抽擊時，對方卻不在地上了。

「容大叔，白大叔他會不會死去的？」

「放心，還死不去的，沒有傷及要害。」

田血從聲音的方向瞧去，驚覺被自己打得一敗塗地的對手竟躺在那兒，對話的其中一人是小孩。田血不禁一驚，對方竟能轉瞬間把人救走了，而且遠離原地。他知道有高手在此，不敢輕敵，當即把全身勁力集中在手臂上，急往對方位置奔去。

正當田血展開攻勢時，容不下故意東奔西走，左進右退。籍此消耗對手的體力。當白一筆跟田血對決時，容不下留意著雙方的武功套路。按照武林規矩，雙方比武期間，外人不得插手。然而，容不下剛才眼見田血想置對手於死地，稍遲片刻的話，白一筆勢必傷重而死，容不下於是飛身躍出把他救來。這個時候，田血被容不下帶著走，每一招也被對手輕巧的避開，他卻先開始累了，投鞭的勁道減弱。容不下看在眼裡，不禁叫好。黃虎看著連連搖頭。

「不要跟著他走！」黃虎怒著說。

田血得黃虎提示後，當即不再追著容不下，反而以守為攻，在自己四周舞起鞭子來，待對手來攻擊。容不下見田血舞成一個無形的鞭網來，若果貿然進攻的話，必被鞭子掃中，他略一思索，已有計策。

「小兄弟，你好好看著啦！」

容不下面對著田血，高聲跟背後的林小當說著。林小當大感驚奇，不知將會有甚麼事發生。

只見容不下縱身躍到旁邊的樹幹上，然後奮身跳起，往田血上方的位置去。眾人看見容不下這身輕功都不禁叫好。容不下使出擒拿絕技，由上空急往田血攻去。田血萬料不到對手在上方攻來，全沒有防備。只見他被容不下擊中，右肩當即脫臼了。

「承讓了。」容不下翻身落在地上說。

田血在眾人面前敗下陣來，而且對方是以輕功來取勝，實在輸得不服氣。

林小當見容不下挫敗田血，樂得眉開眼笑的。正當林小當拍手叫好的時候，田血左手使勁把鞭子向他擲去，等容不下發覺時，已來不及援救。就在這千鈞一髮之際，突然有一個人擋在林小當身前，以太極拳的「四兩撥千斤」把鞭子甩到一旁去。眾人無不驚嘆。

「賁兄，幸好你出手相助，否則這孩子只怕受重傷。」

「容兄，你剛才破那人的鞭法，身手可俊得很呢。」

容不下和貢雷當即把田血圍著，以防他再使詐。

黃虎見這二人武功不弱，氣慨不凡，顯是武林中有名的人，卻甘願賣身到此地當苦工，實在可疑，必需提防。

「兩位的身手不錯啊，怎麼為了那一點的工資賣身到這裡了？」黃虎故意試探他們。

「我們本來是以為到香港的，怎料被騙到這老遠地方來！」容不下怒著說。

「沒錯！船上很多人因此被活活的害死了！」貢雷說著。

「然則你們想怎樣？要離開此地嗎？」黃虎問著。

「我們現在要回去汕頭，不留在這異地。」

「這個我看辦不到吧。」黃虎笑著說。

只見黃虎神態自若的走上前，然後挽起衣袖，擺起架式來。

「我先陪你玩吧。」黃虎跟容不下說著。

容不下見他主動索戰，不禁一怔，只得接受挑戰。

「容兄，你要多加留神！」貢雷說著。

容不下淡定的擺起架式，顯得胸有成足的。

「我先讓你三招吧。」黃虎笑著說。

容不下聽見這句話，顯是輕視自己，不禁有氣。

「那我不客氣了，待領教閣下的高招！」

只見容不下縱身一躍直至黃虎身後，然後提起右掌，猛向黃虎背上擊去。這一招起跳，只在一晃之間，實在快捷無倫，眾人不禁喝采。正當容不下快要得手之際，黃虎竟像背後長了眼睛般，迅速的向前避開了。容不下一招不中，微感錯愕，只得變招再戰。容不下抖擻精神，略略舒展筋骨的，然後向黃虎使出「飛鷹狂風爪」，這是他在江湖上成名的絕技，當年在兩廣技壓群雄，無不佩服。霎時間，一個身影如疾風般撲到黃虎的身前，一雙手猛如餓鷹撲食般急向獵物抓去，把眾人看得瞪目結舌。然而，容不下站穩身子後卻一臉迷惘，大惑不解的。

「剛才真險呢，我的衣也被劃破了一道呢。」黃虎舒一口氣的說。

眾人看見黃虎胸前的衣服被容不下剛才一招所抓破了，同感驚險。

「怎麼他能避開的？」

容不下自恃剛才一招已經出了全力，方位拿捏準確，在過往憑這招擊退了無數對手，使之筋骨折斷。可是眼前對手竟能避開了，而且神色間顯是談笑自若的。

「還有一招呢。」黃虎微笑著說。

容不下見黃虎顯是在輕視他，氣得手在顫抖了。他下定主意，即使豁出性命，也要跟這人同歸於盡，扭轉敗局。

「容兄，不要動氣！」貢雷急著說。

只見容不下一個翻身撲到黃虎身前，然後對準其面門抓去。黃虎下意識的伸臂抵擋，豈知中計，容不下這招是誘敵招數，正等待對手伸出臂來。容不下臉露微笑，然後急挽著黃虎前臂，把整個人向上空甩去。容不下立時縱身躍起，把黃虎擒拿著，然後一起在頭向下的情況下往地面摔去，這招是容不下的「飛鷹狂風爪」中的捨命招數，若非萬不得已的情況，決不使用。可是眼前對手似一直在鬧著玩的，實力深不可測。容不下冒著兩敗俱傷的兇險，也要使出這招來，可見敵人之強橫。就在眾人驚呼時，黃虎在轉瞬間竟能擺脫容不下，逃過腦漿迸裂的下場。在場的人回過神來時，驚見黃虎衣上染滿血漬。他右手卻是拿著一柄匕首，刀上還滴著血來。

「竟然想跟老子一塊去死，真是瘋了。」黃虎轉身對容不下說。

「你這惡賊太卑鄙了，我要殺了你！」

眾人聽見容不下說出這句話時，不禁大吃一驚。只見他左手齊腕截斷了，顯是被黃虎用刀子割斷的。

剛才容不下把黃虎緊緊摟著，就在二人快要摔在地上時，黃虎急在懷裡掏出一柄匕首來，然後把容不下手腕割斷，擺脫了對方，從死裡逃生。容不下身受得傷，加上急怒攻心，當即昏倒在地。

「容叔叔，你怎麼了？」林小當奔到容不下身旁守著。

「這便是跟我作對的下場！」黃虎滿臉得意的說。

黃虎的隨從紛紛起哄，捧腹大笑的。

在場上的華工大都少經歷江湖上的風浪，面對這突如其來的變故均顯得不知所措，心驚膽跳。正當黃虎的隨從押著華工離開時，有一人站了起來。

「貢某不才，膽敢向黃先生討教。」貢雷淡定的說著。

黃虎正欲押著所有乘船而來的華工到爞場，豈料有人還敢不服，他轉身一看，只見一位衣衫雖略嫌破舊，臉色微見蒼白，眼睛卻炯炯有神的中年人，年齡跟剛才被砍斷手腕的人相若，舉手投足間氣定神閒。

「剛才把田血的鞭子甩開的便是你吧？幹得不錯呢。」黃虎說著。

田血在旁聽得這句話，既感憤怒又感羞愧，臉色顯得一陣蒼白，一陣泛紅的。

「貢某所使的只是雕蟲小技，跟黃先生的真材實料功夫比起來，實在不值一提的。」

黃虎聽得貢雷這句話顯是在譏刺他剛才以兵刃打敗容不下，勝之不武。他故作不知，微微一笑。

「看來你對自己的功夫很有自信，不過太自信的話會有危險呢。」黃虎打著呵欠的說著。

「貢某正要領教閣下的高招。」

「我勸你還是乖乖的跟我們回去吧。弄傷了的話可不能工作了。」

「貢某幾根硬骨頭還是有的，閣下不用操心。」

貢雷擺起太極架式，氣度穩如泰山，神色間自信淡定。黃虎見他執意比武，輕嘆一聲。

「你可知道我在江湖上的綽號是甚麼嗎？」黃虎說著。

「貢某一介閒雲野鶴，已有十數年沒有行走江湖，今天淪落至此地，實在汗顏。」

「好，我以功夫來讓你知道吧！」

黃虎把刀子抛在地上，然後挽起衣袖，雙目盯著對方的一舉一動。

貢雷見他剛才雖以刀傷了容不下，卻總能談笑間應付對手的每一招攻勢，顯是武功不弱，故不敢大意，當即凝神屏息，使出生平絕學。貢雷年青時曾到武當山習武，後因國事動盪，外族入侵而決意還俗，下山報國。然而，大清接連在鴉片戰爭及英法聯軍中戰敗，簽下一系列不平等條約，喪權辱國。貢雷有感國事積弱，大量鴉片流入，荼毒千萬同胞，只得長嘆一聲，無奈之下只得憤然避世。近年戰火四起，令大量平民失去家園，數以萬計的華工被騙或拐賣至南洋工作。貢雷為了查知這些華工的下落，不惜深入虎穴，賣身給洋行，豈料流落至婆羅洲。

貢雷久歷江湖，從黃虎舉手投足間便知對方武功不輕，甫上場便使出成名絕技「玄通拳」，這是他融合在武當山所學的拳術及其在江湖上所習得的武術而成的自創功夫，共有十式。黃虎見對方招數著實奧妙，連綿不絕，不敢輕敵，只得打起精神來應戰。只見對方步法是依太極圖為根本，進退有序，穩重自然，顯是久經鍛鍊，方位絲毫不亂。黃虎連番攻勢都被對方以絕妙的步法化解，不由得急躁起來。貢雷正要消磨對方的體力和意志，這便是他的武功厲害之處。

黃虎少年時在南洋曾拜當地的一位武林高手為師，習得武功，可是其師始終不願把畢生的武功全部傳授給這位來自大清的徒兒，所以始終沒有傳授其的高深武學。黃虎曾在深山遇見稀世巨蛇，險些被吞入蛇腹。他在危急中用洋槍把巨蛇打死，而且取下蛇膽服用，使其內力倍增。黃虎其後花了很多時間來觀察不同品種蛇的捕獵方式，從中得到啟發，他採取了大量蛇的毒液來練武，自創出一門陰毒之極的武功。

他們比試了數十招後，雙方也漸漸了解對方的武功套路，黃虎察覺自己每次的攻勢，最終也會依著貢雷的步法而走。不論是從正面還是側擊的招數，也會被對方所牽引著，然後一一被化解。這正是「玄通拳」的「引」及「粘」的訣竅，能令對手的進攻招數盡數帶動至己方的有利位置，使其攻勢落空，然後便能連消帶打的反攻。

黃虎漸漸洞悉已墜入對方圈套，突然雙掌一合，停止攻勢，躍到一旁去。貢雷見他忽然住手，只道是罷鬥投降，豈料黃虎掛起陰森的笑容來。

「你知道人血是甚麼味道嗎？」黃虎詭異的說著。

貢雷忽聽見這句話來，不禁茫然。

突然一個人影閃過，從後往貢雷身上撲去，迅速異常。黃虎雙手緊緊合圍著對方，雙腳合圍在其大腿上，以四肢摟著對方。貢雷突然被對方以這奇怪招數使之動彈大得，大感意外，正當他想擺脫對方時，突感背上劇痛。在場上的華工眾皆驚得目瞪口呆，只見黃虎張開口往貢雷琵琶骨咬去。林小當斗然間看見這血腥的場面，驚得心怦怦直跳，險些暈倒。

「首領終於也要出這招來了，那人只怕活不成了。」

「看來那人的武功也不賴呢，竟要首領使出這招。」

黃虎的隨從嬉皮笑臉的說著，竟渾不當一回事的，仿似司空見慣。

這個時候，黃虎雙手放下，從後躍去，貢雷登時癱倒在地上，臉色蒼白得很。黃虎嘴角沾有貢雷的血漬。剛才這一招便是江湖上聞之色變的「虎頭蛇尾」黃虎的獨門武功，出自他模仿巨蛇捕獵的動作，把對方緊緊捲著，然後往其要害咬去，使之受到重創。

貢雷被黃虎咬破琵琶骨，這是人體至關重要的要害位置，凡是練武之人傷了此處，其武功功力必然受損。貢雷琵琶骨盡碎，一身武功從此廢去，再也不能使出功夫來，形同未曾練武的普通人。容不下雖然身受重傷，可是眼見貢雷被廢去武功，身陷險境，只得勉強上前應付。他把全身勁力集中在右掌上，準備從後施襲，以這一招來挽救大家。黃虎聽得背後有微弱的腳步聲，顯是有人想從後偷襲他。

「被我廢去左手還不足夠嗎？幹甚麼趕著來送死的？」黃虎背著容不下說著。

容不下驚覺被發現了，立刻往黃虎身上擊去。

就在這轉瞬間，黃虎提氣縱身一跳，只見他躍過容不下的頭頂，然後在頃刻間於半空轉身，由上而下的伸出右掌往容不下身上擊去，狀若猛虎下撲，威猛之極。眾人看見黃虎這一招精采絕倫的空中轉身攻擊招數，均未能回過神來。容不下被黃虎擊中琵琶骨，跟貢雷遭同一命運。容不下接連的遭受重傷，身體再也支持不住，昏倒在地上。

眾華工曾看見白一筆、容不下、貢雷這三位在船上大顯身手，如今竟接連慘敗倒下。黃虎一直在嬉皮笑臉的，顯是未使全力，其武功實在深不可測。黃虎及他的隨從更帶備洋槍橫行霸道。在場華工眼見跟對方實力懸殊，哪敢反抗，只得跟隨保命。再者，他們當初簽下賣身契只為賺得銀兩，故用不著以命相搏。

林小當急跑到容不下身旁，然後脫下自己的衣服為容不下包紮傷口，以免他失血過多而死。黃虎的隨從把白一筆等三人帶走，林小當全程在容不下身邊照料他。此時此刻，林小當縱使毅力再好，終究仍是孩童，也不禁流下淚來。他料不到這番遠去竟是多麼的辛勞、危險，前路茫茫，只得拖著疲累不堪的一雙小腿而行。

「小子，你今年多大了？」黃虎忽然轉身問著。

林小當不予理睬，一臉不爽的。黃虎見這小子膽敢無視他，不禁好笑。

黃昏時候，天空呈現著血紅色。黃虎的隨從領著華工到附近的木屋安頓。林小當小小的頭腦探著，遙見遍地的種植園。他決計想不到這些田地的每一次收成，也是包含著無數華工的血淚。

「你們明天開始要分批到田地及礦場工作，誰都別打主意逃走，那只是死路一條。」田血搖晃著洋槍。

夜半時候，這數十名的華工睡在數間狹小的木屋裡。他們經過數月的長途跋涉，本以為下船後得以擺脫擁擠的情況，豈料現在也要跟他人住在同一房子裡。

「他奶奶的，竟要老子住這破屋裡！」白一筆吹著鬍子說。

貢雷半生在武當山學藝，深得處之泰然之道。面對眼前的困境也能盡量保持心境平和，對於被黃虎廢去武功，也只慨嘆是命數。反倒是對黃虎所使招數感到驚奇，這是貢雷在中原前所未見的武功。他雖是修道之人，畢竟也對武學痴迷，不由得在思量破解其招式之法。林小當在容不下身旁守著，看見他左手斷了掌，後半生從此殘廢，不禁長嘆一聲。次日清晨，田血走到木屋裡，揮動著鞭子。

「全部起床！跟我去工作！」田血大叫大喊的。

白一筆在睡夢中，突然被這聲叫喊弄醒。

「誰在大叫大嚷的？打擾老子睡覺。」白一筆揉揉雙眼。

「是你爺爺我！」

白一筆怒極，急站起來看著，卻見來者是田血。

其他華工卻紛紛醒了，卻未會意要立刻去工作。

「還不跟我去工作，還想睡到甚麼時候！」

其他華工見這情況，趕緊站起來，唯恐被田血鞭打。

田血把身旁的華工飽打一頓，然後掃視木屋裡的所有華工，當他入內巡視時，發現容不下躺在地上沉睡。

「你這廢人還想睡到甚麼時候！」

田血日前敗在容不下手裡，此刻見到對方，立時心火起，猛把鞭子對準他身上擊去。

正當鞭子快要碰到容不下身上時，突然有一人伸出手來把鞭子握著，而且方位拿捏準確無誤。

「容兄身受重傷，還需要休息，還請施主網開一面。」貢雷抱拳說著。

田血見他被黃虎所敗，竟然還能接下其鞭，不禁駭然，其實貢雷武功已失，內力使不出來，全憑過往的經驗及眼界準確，所使的只有招式而沒有內勁了。

「如果你可以代替他，一人做兩份工作，本大爺倒也可以讓這人休息數天，否則別怪我動手了。」

「這個自然，貧道會依施主意思來辦。」

就在這個時候，他倆身後傳來對話。

「我也願意代替容叔叔工作的！」

田血轉身一看，卻只見到其他華工臉上泛著迷惘之色。

「是我，我在這裡！」

田血低頭一看，不禁苦笑，說話者竟是日前所見孩童。

「好，我和小兄弟要一起努力呢。」貢雷跟林小當說著。

貢雷打從心裡欣賞林小當，他久歷江湖，遇過很多表裡不一的偽君子，如林小當般忠厚的，實屬異數。田血領著華工走過山路，過不多時便到達一個嚝場。只見有多名工人在場工作，也是留著辮子的華人，而指揮著的卻是當地人，說著不標準的漢語。

「蘇薩，我帶了這些華工過來啊。」

「老田，怎麼都是老少的？能幹嗎？」

「管他呢，總之不完成工作便不能吃飯便是。」

林小當看著那些工人從洞中推著裝滿了黑色石塊的車子出來，大感奇怪。

「喂，你們呆著的幹甚麼？快去拿起工具來！」田亮喊叫著。

白一筆聽他像指使奴隸工作般，登時便發作，卻被貢雷制止。他們跟大伙兒拿起鐵錘，然後聽著蘇薩分配工作。林小當跟貢雷、白一筆走進洞內，頓時嗅到一股強烈的不明氣體的氣味，空氣混觸，使之難以呼吸，難受之極。洞內一片黑暗，全賴火把來照明。林小當看見洞內工人以鐵錘敲打著石壁上，大小不一的石塊登時脫落。

「喂，你們負責開壁這邊！」一名頭目叫著。

白一筆拿著鐵錘，輕輕的敲打，打算裝摸作樣的蒙混過去。突然有人以鞭子來鞭打他。

「你這老頭在中午前未能把車子裝滿煤礦的話，今天別想離開！」說話者正是田血。

白一筆受此一擊，氣得哇哇大叫的。

「白叔叔，我們今天要努力啊。」林小當拿起鐵錘說著。

林小當小小的手掌拿起鐵錘，使用起來頗為吃力。當敲打在石壁上時，倒下的不是煤塊，卻是他因不夠力氣而向前撲在石壁上。貢雷急把他拉起來。

「小兄弟別勉強，你負責幫我們把煤魂撿在車子上吧。」

貢雷接過林小當的鐵錘，然後讓他站後一點。

白一筆見林小當這般賣力，也得認真起來。

只見他和貢雷提起鐵錘往壁上鑿打，一塊塊形狀大小不一的煤魂落在地上，林小當適時便會把煤塊撿起，雙手手掌立時染黑了。他們直忙至中午，累得大汗淋漓。貢雷背上被黃虎所傷，現在不停的重覆在敲打洞壁，使他背上隱隱作痛。

「老貢你背上有傷，要休息嗎？」

「不礙事，我還可以。」

這個時候，洞內有人暈倒在地上，令人驚訝的是竟沒有人前去相救。林小當見狀，馬上跑到那工人身邊，只見對方已經沒有知覺。其臉色蒼白，瘦得猶見骨骼。

「快來人啊，這裡有人暈倒了！」林小當喊叫著。

可是洞裡工人仿似充耳不聞，繼續不停工作。

白一筆見此情況，大罵他們一頓，卻依然沒人理睬。

「你們在吵甚麼的？幹麼不工作？」田血提起鞭子說著。

「不是我們，是那些新來的人在吵過不停。」一名頭目說著。

「這裡有人暈倒了，快來救救他！」林小當指著昏倒的工人說。

「甚麼？就是為了這丁點事？」

田血臉有怒色，然後上前一看情況。

「把那人抬走，然後繼續工作！」田血頭也不回的離開礦洞。

「他可能只是暈倒而已，你們快救救他吧。」林小當說著。

「快滾開，別阻礙我們！」

只見剛才的頭目直接拉著昏倒者雙腿，然後拖行離開，其他工人仿如不見般繼續工作，就似習以為常，見慣不怪的。林小當大惑不解，急上前追趕，卻被其中一名工人拉著阻止。

「你還是別多管閒事了。」那人冷冷的說著。

這些開採煤礦的工人，早已被奴役至麻目起來，對身外的事漠不關心，仿似丟失了靈魂般工作。

這時候，在香港的某處地方裡，有數名巡捕正在大街上追趕著一名少女。

「姑娘，你敢把洋人打傷，膽子不小啊，難道你不知道這裡是洋人的地方嗎？」

那少女在剛才路經此地時遇著兩名洋人。他們見這少女長得標緻，於是上前調戲，甚至想動手輕薄。那少女雖聽不懂他們的言語，但眼見對方想對自己毛手毛腳，顯是無禮，於是狠狠的把這兩名洋人摔倒在地上。

「快跟我們回巡捕廳，要給洋人一個交代，否則大伙兒可糟了！」其中一名巡捕說著。

那名少女大感驚奇，自己並沒有理虧，反而招惹了這些人來。她想弄清楚是怎麼一回事，卻苦於言語不通。眼見這些人正要上前把自己捉拿，只好先擺脫他們了。正當這少女轉身離開時卻被兩名巡捕按倒在地上。少女驚怒交集，正想發難時，突然在遠處傳來問話。

「你們這些巡捕幹甚麼合圍著一位姑娘？」

只見一名少年站在附近說著，他的身後有一輛西洋汽車停泊在路邊，遙見坐著一位年輕的少年。

「甚麼人？膽敢阻官差辦事？」一名巡捕喝罵著。

「我們家少爺說不要欺侮良家婦女呢！」那名少年說著。

「你家少爺是誰？敢把巡捕廳不放在眼裡了？」

「我家少爺是……」

這些巡捕聽得那少年的話後大感為難，卻不敢違背對方的意思，只得收隊而回。

「有勞大哥跟你家少爺說，這女子剛才把兩名洋人打傷了，還請閣下給洋人交代，不要為難我們廳長大人。」

那巡捕拋下這句話後便放了那女子，心想既然對方要逞英雄，自己也樂得全身而退。

那少女向少年點頭謝過，少年謙遜還禮，然後帶她向車上的少爺謝過。

「我家少爺姓上官，俺叫鍾良景，姑娘你怎樣稱呼？」那少女不懂他們的語言，只得打手勢以示不理解。

鍾良景卻誤以為她是啞巴，只得告知那姓上官的少爺。

「生在亂世已是不幸，這姑娘真是命苦呢。」鍾良景搖頭嘆息。

只見那少年略一思索，然後輕輕的說：

「讓她上車吧，暫時來當娘親的侍婢吧。」

鍾良景頓時拍手稱好，然後示意那少女坐在車裡。那少女似未曾乘坐過此西洋製造的交通工具，表現緊張，那姓上官的少年看在眼裡，微感好笑。

汽車緩緩地在大街上行走，沿途上可見滿是西式的建築物，街道上的行人的外貌輪廓與鍾良景及那姓上官的少年大不相同，可見那些人的衣服亮麗整齊，跟早前在街道另一端所遇的人截然相反。那些外貌膚色跟鍾良景相似的人多是衣衫襤褸，甚至在街上行乞。

「怎麼在這地方裡不同膚色的人的生活環境這麼極端的？」

那少女難以理解這種情況。隨著汽車在彎曲的路上慢慢駛過，她只覺眼皮漸重，進入夢鄉了。

「少爺回來啦！」

那少女被車外的聲音弄醒了，只見一名中年婦人忙把少年的外套拿著，然後站在他身後一起回到一所大宅裡。這大宅是以西式建造，雖不是金碧輝煌，卻別樹一幟，是歐陸式的建築物，甚有氣派。

「是學兒回來了？」

「娘，孩兒回來啦。」

那少女看見眼前是一名裝束樸素卻不失高貴的婦女，臉上帶著慈祥的目光、笑容，正摟著那位少爺。這位少爺便是上官夫人的獨子上官學。上官學出生顯赫，其父上官堂是香港的非官守議員及執業大律師，受到港督的重用，常年遊走於香港及廣東之間，為香港殖民政府及滿清政府就香港政治及民生等方面交涉，致力為在港英政府統治下的華人爭取權益及改善生活情況。上官家在香港地位超然，上官堂德高望重，受到香港華人的愛戴，而港督為籠絡民心及了解華人社區而授予上官堂高職。上官堂老年得子，對上官學期望甚高，在其年幼時便安排出洋留學。上官夫人對這獨子百般呵護，好不容易等到上官學學有所成回香港。

「學兒你終於回來啦，讓娘好好的看你。」

「娘，別這樣，孩兒又不是小孩子。」

「傻孩子，你在娘心中永遠還是孩子呢。」

上官夫人看見愛兒回家，愛子之情洋溢在臉上。

「夫人，少爺剛才還叨嘮著很久沒有回家，要趕著回來呢。」鍾良景滿臉笑容的說著。

這個時候，上官夫人發現在鍾良景身後站著一位少女。

「良景，你身後的姑娘是誰？」

「這個嘛……」鍾良景不知該從何說起。

「難道是學兒你所結識的姑娘？」上官夫人打趣的說。

「娘，你別誤會，孩兒跟這位姑娘還是初次見面。良景，還是由你跟娘說吧。」

鍾良景把剛才的情況告知上官夫人。他伶牙俐齒，把真實情況說得猶如各人親歷所聞的，使眾人對那少女心生同情。上官夫人聽得此事因洋人而起，孩子插手干預，當即眉頭一皺。可是眼見這位姑娘還年輕，而且長得標緻，實不忍棄她不顧，只得暫時收留其在家中，待丈夫回香港後才定奪。

「這位姑娘怎生稱呼？是哪裡人士？」上官夫人跟她說著。

可是這位姑娘沒有開口回應，默不作聲的。眾人見她不答夫人的話，不禁驚奇。鍾良景見狀，忙跟大家解釋這位姑娘是不懂說話的。上官夫人聽得那少女竟是個啞巴，不禁憐憫，當即收她為近身侍裨，讓其有容身之所。鍾良景連連叫好，笑逐顏開。上官學想起不知這少女姓甚名誰，不便日後相處，故請娘親為其取名。上官夫人思考片刻，突然靈機一觸。

「我便為這姑娘取名為靜月吧。」

「娘，這名字起得不錯喲，似有深意。」

「靜月雖然不能跟我們說話，但相信她會默默的努力，在這個家好好生活呢。」上官夫人語重心長的說著。

鍾良景悄悄望向靜月，只見她對上官夫人的話似懂非懂的，不禁好笑。

夜闌人靜，靜月徹夜未眠，她在這陌生的房間裡輾轉反側，想起這家人對她似乎沒有惡意，稍感寬心。靜月望著窗外的月光，倍感思鄉。晨光初露，大宅裡的家僕都已早早起床，忙著準備早點及打掃。上官夫人等了多年，終盼到兒子回來，喜上眉梢的。過不多時，上官學來跟娘親請安，只見他穿了一身的唐裝，不再是昨天那西式服裝，臉上依然帶著一副厚厚的金絲眼鏡。上官夫人為各人準備了紅封包，以賀兒子學有所成歸來。她讓管家連惠伶把紅封包派給家僕，可是遲遲未見靜月。

「對了，靜月在哪了？怎麼好像不見她呢？」上官夫人說著。

「這個嘛，我想這丫頭還未起床吧。真是的，我昨天已經叮囑她在這裡工作要在卯時起床。我現在去找她。」連惠伶叨嘮著。

「可能是還未習慣吧，以後就要你多多提點她了。」

連惠伶聽得此話，自然清楚上官夫人感到不悅，當即走到靜月的房間去。

正當連惠伶想責罵靜月一頓時，卻發現她把床被放了在地上，蓆地而睡。

「靜月，現在是甚麼時候了？還不起床！」

靜月昨夜失眠，剛入睡片刻便被吵醒了。

「幹麼睡在地上了？來，快跟我去向夫人請安。」連惠伶著急的說。

靜月睜開那雙水汪汪的眼睛看著她，卻不明所以。連惠伶見她一臉迷惘的，才想起這位新來的家僕是不能說話的。連惠伶稍稍的替靜月整理儀容後便帶她到外廳去。

上官學見靜月姍姍來遲，不禁好笑。上官夫人給靜月紅封包，然而她沒有收下，只微微的搖頭。連惠伶見狀，只得替她收下。上官夫人見靜月未能跟他人好好的溝通，只怕難以在這地方工作。可是總不能讓她就此離開，只怕給壞心眼的人欺負，上官夫人思量片刻，終於想出法子。

「學兒，這丫頭不懂說話，我們總不能棄她於不顧。這便由你來教靜月寫字吧，好讓她能表達意思。」

上官學聽得娘親這句話後，不禁眉頭一皺。可是他在英吉利留學多年，不能剛回來便拒絕娘親的意思。

「我也可以一起教靜月姑娘的，不用少爺這般費神呢。」鍾良景大獻殷勤的。

「你這小子不闖禍便是幫了我們的大忙了，還是讓惠伶多多提點靜月吧。」上官夫人笑罵著。

眾人紛紛笑著鍾良景，引為一樂。靜月雖不懂他們的話，但以其神情來看，該不是壞事。上官學此時悄悄望向靜月，想到在往後的日子裡平白多了這麼一個擔子，不由得輕嘆一聲。中午時分，連惠伶跟靜月親自示範每天要做的工作。由於靜月的主要工作是侍候上官夫人，所以工作不能馬虎了事。連惠伶以手比劃意思，她素來很有耐性，願意不厭其煩的教導，就只怕靜月不能領悟。

「這地方的所有人還真的把我當作下人呢，要我幹這些粗活。」

靜月一邊看著連惠伶示範，內心卻在思量。

「可是我也需要一個歇息地方，姑且就暫時順從這些人的意思吧。如果敢對我太過分的話，別怪我心狠手辣了。」

連惠伶絕不會想到眼前這位十六歲的小姑娘竟在這樣想著。

黃昏時分，靜月獨自在這間大宅裡遊走，當她走到內廳時，發現轉角的房間有個倘大的書櫃，放置了多本書籍。靜月好奇的走進房間，隨手拿了一本書來翻閱。她看著這寫滿文字的書籍，只覺內容太深奧，有很多文字也是未曾學習過。

「想不到我幼時多麼用功學習，卻仍有這麼多字是不懂的。」

就在靜月沉思之際，有人走進房間來。

「看來你對閱讀有興趣啊，可是你不能隨便走進這房間呢。」

靜月突然聽見有人在跟她說話，微感一驚，忙轉過身來。只見眼前的人長得面如冠玉，戴著一副眼鏡，正是這家的少爺。

上官學看見靜月正拿著一本有關南洋地誌的書籍，微感錯愕。

「這本書對你來說應該太深奧吧。」上官學不禁好笑。

靜月神色尷尬，就如小孩偷吃糖果被發現般。她把書本放回原位後便欲急步離開。

「慢著，你別走。」

靜月沒有停步，就在她剛要步出房間之際，上官學伸手拉著她的手臂。靜月素來我行我素，被上官學這麼一拉，頓時生厭，不自覺的轉身對他怒目而視。正當靜月想發難，甩開上官學的手之際，卻見他遞來另一本書籍。

「這本三字經應該比較適合你，挺有趣的。」

靜月看上官學似沒有惡意，微一定神，緩緩的把書本接著。

「我剛才嚇你一跳嗎？如果你對這本書有甚麼不明白，可以問我的。之後再讓你看其他書本吧。」

靜月微一遲疑，下意識間對其鞠躬謝過，然後離開。

上官學拿起她剛才所看的書本，看著那關於南洋地理風貌的描述。

「聽在英吉利的同學說，這些屬地來了大量華工在工作呢。」上官學喃喃自語的，獨個兒在閱讀。

就在遠至南洋的婆羅洲上，正有一個男童跟其他華工一起在種植園工作。

「叔叔，現在這麼大雨，只怕把這些甘蜜浸壞了。」林小當正忙著收割。

「他奶奶的，老子現在餓得很了，卻要留在這裡當農夫。」白一筆怒罵著。

「白兄，我們不趕快把這些甘蜜收割，待全部壞了的話，只怕又得扣減工資了。」貢雷一邊收割，一邊說著。

這個時代，大批華工被騙到南洋的馬六甲，蘇門答臘及婆羅洲等地。他們日以繼夜的工作，大部分被勞役至體弱多病甚至死亡。在這裡，華工的地位比廉價勞工更低，仿如在大西洋工作的黑奴，他們沒有尊嚴可言。

林小當等華工被分配輪流開採煤礦及到種植園種植橡膠，甘蜜。他們苦不堪言，稍有怠慢便被蘇薩及田血飽打一頓，甚至不發食物。在數天裡已有華工傷亡，可是沒有監工理會。這些華工每十數人睡在同一間破屋裡，生活情況惡劣，仿如在船上般擁擠，空氣相當混觸。

「老夫還要待在這鬼地方多久？只怕要死在這裡了。」

白一筆眼泛淚光的說著。貢雷聽得此言，滿是感慨。

林小當在這些日子來不停的在猛烈陽光下工作，監工也不會顧及他仍是孩童而特別照顧。現在他皮膚黝黑的，整個兒瘦多了。容不下傷口雖以痊癒，但是被黃虎所傷，終生武功難復。看著其缺了一手掌的袖子，他心情難以平復，決意要找黃虎復仇。有一次他獨自找黃虎叫陣，卻被其隨從發現，給冷嘲熱諷。容不下氣得臉也白了，急提內息想教訓他們，卻因琵琶骨受傷而使不出勁力。容不下急怒攻心下暈倒在地，黃虎見狀對他不屑一顧，只命隨從傳話給貢雷來把容不下帶走。

容不下自此自知報仇機會渺茫，反倒在徹夜思考如何能跟大伙兒離開這煉獄。他看著在搬運煤礦的林小當，更認為這孩童不應該長留此地被勞役。突然間，有一個華工暈倒地上，林小當見狀立刻到其身邊守看著。

「白叔叔，我們快帶他到樹下休息，然後我去拿水來！」林小當說著。

容不下看見林小當漸漸能鎮定的應對這突如其來的事，而且不慌不亂的，暗自讚嘆。他突然靈機一觸，想出法子來。當天傍晚，容不下當即把想法說給貢雷和白一筆。

「甚麼？你要把武功傳授給小兄弟？」白一筆問著。

「是，我們跟這小兄弟頗有緣分，他年紀雖小，可是有一副俠義心腸。縱使我們這些老頭終身不能回中原，也得助他能離開此地。」

「容兄，所言甚是，小當天性純品，每當我們遇到危難時也會奮不顧身的相助，貢某自然樂意把這身粗淺功夫傳給他，可是這能助他回中原？」

「我們也曾試過黃虎那廝的手段，要離開此地的話便必需擊敗這人和那些隨從，只要我們能從其手下搶過木船，便能有機會離開這地方。小兄弟將來學會本領後或能帶領眾人離開。縱使不能，我們也盡力而為，一切便看小兄弟的命數了。」

對於容不下這番說話，貢雷及白一筆均所見略同，三人於是在天亮後把林小當找到一旁去。

「甚麼？要把武功傳給我？」林小當說著。

「是的，我們受了傷，只怕一身武功就此失傳，我們跟小兄弟既然有緣，便把功夫教給你吧。」

容不下不明言他們的真正的意思，免得徒增林小當的壓力。林小當想起他們所使武功時的英姿，不禁心動，也想習得武藝，將來回到中原後能保護其父母，不讓他們再受惡霸欺負，於是當即表示願意。從這天起，容不下、貢雷分別在天亮及傍晚後教授林小當武功，而白一筆見狀也搶著要教，林小當每次未能領悟招式，也惹得白一筆大吹鬍子。就是這樣，林小當每天到礦場或種植園工作，剩餘時間便是練習三位師父的武功。

時光飛逝，他們已經在婆羅洲度過七個寒暑。當年的孩童已成長得長身玉立。

「當兒，你來使一遍玄通拳給我看。」

「好的，貢師父請賜教！」

只見林小當架起起手式，然後使出貢雷的成名絕技。這套武功的要旨是「玄」，講究道家的以柔制剛，不取花巧的招式，以「穩」為本。林小當雖已得貢雷真傳，卻欠缺火候，臨敵經驗尚淺。貢雷初授林小當時，還曾擔心他沒有武功根底，學不會所傳武功。豈料林小當天性淳樸，心無雜念，不如其他孩童般跳脫，正跟其武功要旨相通。林小當已是十九歲的青年，所打出來的拳已生勁力，加上貢雷的提點，其功夫已有小成。這一天風雨交加，容不下不讓林小當離開，刻意要他在這天氣下練習。

「當兒，你取樹頂那片楓葉下來。」容不下在雨下說著。

林小當眼見下著滂沱大雨，要取下樹頂的葉塊，當真不易。

「你不用多想，憑直覺行動便是。」

「是的，容師父。」

林小當看著樹頂，然後縱身一跳到樹幹上。正當此時，他雙腳在沾上雨水的樹幹一滑，險些摔倒在地上。林小當急使出容不下所授的擒拿手法，抓緊其中的樹幹，然後借勢在半空中翻起，直躍到樹頂旁，急把楓葉摘下。

容不下剛才見林小當在危急中能化險為夷，頗感欣慰。他認為武功在困難下練習便能精進，所以平日對林小當管教甚嚴，有數次因未能練得精準而對其左右開弓，雙額給打得紅腫。貢雷及白一筆見狀也忍不住阻撓。林小當自知不足，常常獨個兒練習至深夜也不願停止，有數次要貢雷把他拉回到木屋裡才休息。

這一天，林小當如常在大清早練功，然後到種植園去。正當他在施肥時，突然看見有數名操外語的陌生人在跟蘇薩談話。

「這裡的田所種的甘蜜還不錯呢」（日語）

「不知能否為我們大日本帝國種植罌粟？所得利潤肯定比種植甘蜜和橡膠為多。」（日語）

蘇薩從翻譯員中理解這數名日本人的意圖。

這個時候，其中一名日本人把一個皮箱打開，只見內裡滿是金子，價值不菲。

「這裡是見面禮，只要蘇薩先生能跟我們合作，把鴉片運往大清，所得報酬肯定多十倍。」（日語）

蘇薩拿著金色的銀兩，愛不釋手，當即答應。林小當聽不懂他們的說話內容，正想離開之際，其腳踏中地上樹枝，當即發出聲響。

「是誰？」（日語）

其中一名日本人急掏出洋槍，然後走近過來。林小當見狀，不假思索，當即躍到樹上去。那些日本人在四周查看，卻沒有發現其他人。林小當在樹上看著他們緊張的樣子，不禁好笑。過不多時，蘇薩跟那些日本人離開，言談甚歡。

「那姓黃的華人會跟我們合作嗎？」（日語）

「山本先生請放心，他是我的夥伴。」

「我看未必，他不一定會答應運送到大清。」（日語）

「如果黃虎不答應的話，便把他除掉，可是這人武功很不錯，不易對付。」

「要是那人阻撓，便把他幹掉。」（日語）

那姓山本的日本人把一支洋槍遞給蘇薩。

林小當在樹上看著他們離開，對於那些陌生人突然造訪這地方也不以為然。林小當提氣縱身一跳，落到地面時發出「噗」的腳步聲，他想起容不下說過使用輕功落地時發出聲音會引起對方的注意，立時暴露自身的位置。可是要修練至幾近沒有聲音的境界，還真要再下苦功。雖然容不下再不能使用輕功，但他當年在船上保護大家，其後戲耍田血的英姿深印林小當的腦海裡，正當他想得入神時，不自覺間在田地裡使起武功來，直練至日上三竿。

這段時期，日本實行軍國主義，覬覦大清領土。為了有足夠軍費來擴充軍備，於是企圖效法英國在印度進口鴉片以運往大清，籍此賺取巨利。

蘇薩對黃虎隱瞞私下答應日本人的要求，只說是跟英國人合作。黃虎對此不置可否，他雖然在婆羅洲與英國人合作多年，在這地方開採煤礦和開僻種植園，卻從不答應替英國人種植罌粟。

黃虎的父母在他年幼時因吸食過量的鴉片而中毒身亡。黃虎從此飄泊江湖，為了生存，他曾跟流浪狗爭搶路人掉在地上的食物，甚至在妓院當打雜，為的只是一碗飯。其後他受騙而簽下賣身契，被送到馬六甲當苦工。在他二十歲那年結識了一位當地的姑娘，那姑娘的家有一本祖傳的武功秘笈，是從中原的明朝時流傳而來，已有數百年的歷史。黃虎跟那姑娘成親後便開始修練秘笈上所載的武功，他天姿聰穎，竟能一學即通。黃虎其後在深山巧遇巨蛇，他模仿猛獸捕獵的方法把自身的武學融會貫通。他雖然在往後日子勾結洋人，過著黑道的生活，始終沒有種植罌粟來荼毒其他家庭，寧可放棄賺取巨利的機會。蘇薩雖跟黃虎合作多年，卻早對他獨斷獨行的處事方式不滿，其他隨從也早有微言。

「黃大哥，我們今次發財了！」

「有啥財路？」

「英吉利人想在我們的田地種植罌粟，然後運送到大清。」

「我以前已說過不種罌粟，這事不用再談。」

「為甚麼放棄這門路？難道你不想賺更多銀兩？」

「我們現在所賺的已經足夠，用不著種這東西。」

「足夠？難道我們只是在採煤和種植甘蜜？」

「有啥不妥了？銀兩足夠你花在妓院便是了！」

「黃大哥，難道我們要把這個機會拱手相讓其他人？你有顧及兄弟們的感受？」

「總之我說不行便是不行，你這麼費心，難道是收了那些洋人的銀兩？」

「你說哪去了？我哪有收洋人的錢？我們合作多年，難道就不能依我這一次？」

「不行，你要種罌粟的話，除非你能打敗我！」

蘇薩素知黃虎勇猛，自知不是其敵手，只得暫時作罷，正當他帶著滿腔的不忿轉身離開時，迎面跟正在前來的田血相撞，險些被撞倒地上。黃虎得意的笑著，繼續喝酒。蘇薩一路上盤算著如何應對，他總不會把收在口袋裡的銀兩給回日本人。蘇薩摸著剛才被撞的肩膊位置，感到陣陣痛楚。他突然靈機一觸，想起一條妙計。

傍晚時分，在種植園的華工都準備離開，趕著回木屋吃晚餐。林小當卻留下，獨自在練功。這個時候，有一人信步而來。

「喂，小子，你這身功夫還練得不像樣啊，要打敗我替你那些不中用的師父報仇，恐怕還要練一百年呢！」黃虎拿著酒瓶說著。

林小當見黃虎滿身酒氣的，也不理睬他，繼續自行練功。黃虎酒意發作，隨手把酒瓶扔掉，然後縱身伸手一探，跟林小當對拆招數。黃虎臂力驚人，加上渾身酒意，動手起來更是虎虎生威，使林小當難以招架。過不多時。林小當已大汗淋漓，他往日除了跟三位師父對拆武功外，再沒有跟其他人使用武功，所以缺乏臨陣經驗，現在遇上黃虎這大敵，當即手足無措，不由得左右見絀。黃虎忽然伸手往林小當臉上拍去。只聽得啪的聲響，林小當被重重的打了耳光，臉上當即紅腫起來。黃虎見狀，手指著他，哈哈大笑起來。林小當大怒，急使出白一筆所授的散手功夫攻去。黃虎眯著單眼的側身避過，然後輕輕伸腳把他絆倒地上。

「你這臭小子真的不中用，你還沒有資格跟本大爺交手呢！」黃虎撿回地上的酒瓶，然後轉身離開。

林小當平白的被摔倒在地上，而且被打了耳光，怒不可遏，當即站起來，然後運勁伸拳往黃虎身上打去。黃虎聽得耳後生風，已知林小當追來進攻。黃虎待跟他距離不到一寸的時候，突然縱身一躍，然後翻身把林小當踢倒地上。

「我這一招比容不下的輕功強多呢。」黃虎得意的笑著。

林小當被他壓在地上，險些呼吸不著，疼痛得很，再也使不上力氣來。黃虎酒意大發，也不再理會他，獨自一邊喝酒，一邊走著。微風吹拂著，林小當遭遇大敗，不禁流下男兒淚水來。破曉時分，林小當早早的起床，獨個兒在山林練功。他想起昨天的屈辱，心裡難以平復。這個時候，他發現數天前所遇的陌生人正跟蘇薩和田血在一起，他們正在商討如何對付黃虎。

「黃虎這人實在太目中無人，以為武功高強便不把其他人放在眼裡。平日只顧在喝酒，全不理會煤礦和種植園的事，其他兄弟早有不滿。」田血說著。

「黃虎拒絕我們在這裡種植罌粟，他自己不願把鴉片運往大清，自命清高的。他不識時務，阻了其他兄弟的財路。我看還是田兄來統領那些華工吧。」蘇薩說著。

「如果是由我來帶領大家，當然希望能賺得更多，哪怕是種植罌粟，只怕我不是黃虎的對手。」

「田兄不用擔心，我們有這幾位日本朋友幫忙。」

田血見蘇薩胸有成足的，似乎對身旁的數位日本人十分信服，不禁稱奇。

「蘇薩先生是我的好朋友，我們定會幫助你們。」（日語）

「有山本先生的幫忙，我們一定會在這裡種植罌粟。」蘇薩跟田血帶著這數位日本人前去找黃虎。

林小當聽見蘇薩要種植罌粟，把鴉片運到大清，立時想起其父飽受吸食鴉片的煎熬，而且曾叮囑他在外地時千萬不能吸食鴉片。林小當想起兒時的經歷，對鴉片恨之入骨。他立時動身想阻止這些日本人，可是想到黃虎曾把三位師父打傷，不禁猶豫是否應該相助黃虎退敵。

「還是先看看甚麼情況再作打算吧。」

林小當當即動身前去，一探究竟。

蘇薩和田血帶著山本夫等日本人到黃虎的住所裡，可是並無發現。

「喂，你們知道黃老大在哪了？」田血問著附近的華工。

可是黃虎平日行蹤不定，神龍見首不見尾的，要尋他著實困難，況且不會有人主動找他而引來麻煩。蘇薩他們走到煤礦和種植園尋找，也不見黃虎的蹤跡。

「難道那人已經識穿我們的計劃？」（日語）山本夫說著。

「山本先生請放心，我看此人定是在某地方在喝酒，絕不會逃得出去的。」

正當他們尋找不著之時，突然在附近傳來對話。

「喂，我一直在跟著你們呢。你們這些日本人快離開這地方！」黃虎躺在樹上說著。

蘇薩和田血突然聽見黃虎的聲音均感不寒而慄，山本夫見這人身長七尺，體格魁梧，跟其他瘦弱的華工顯得與別不同，不禁對其另眼相看。

「黃虎你不識時務，獨斷獨行，已沒有資格再帶領我們，今天我便要收拾你！」田血說著。

「憑你這點本事？」

黃虎冷笑一聲，突然縱身一跳，伸出食中兩指直取田血雙目。田血情急之下伏身滾到一旁去，總算能保存雙目。黃虎見狀笑得彎下腰來。蘇薩不禁眉頭一皺，盤算對策。

「山本先生，請你幫忙我們。」蘇薩說著。

只見山本夫跟身後的日本人說了一句話，然後那日本人站上前來，脫下身上的西裝衣服，神態高傲。

「我叫谷壽二夫，今天讓你看看大日本帝國的武術！」（日語）

這段時期，日本積極擴充軍備，購買多艘戰艦，建立現代化的軍隊，威脅大清在遠東的地位。消息傳至南洋，當地的華人同感震驚。黃虎身處婆羅洲，他早想一挫日本人的銳氣，想不到今天來了這些不速之客。

谷壽二夫眼看這束著長辮的華人，似是身有武功，不禁躍躍欲試。他挽起袖子，然後擺起架式來。黃虎對他不屑一顧的。也不正面看著對方。谷壽二夫猛喝一聲，然後伸出雙掌，想把對方推倒下來。黃虎見這日本人出招急勁，顯是想以力氣取勝，當下也不回避，雙手運起勁來，然後順勢猛推出去，這一招確有猛虎下山之勢。只聽得啪的聲響，四掌雙交，谷壽二夫立時被推得站立不穩，接連倒退數步，險些倒下來，幸得另外一個日本人出手扶著才能勉強站穩。黃虎見那人也身有武功，而且不弱於谷壽二夫。

「你們同時跟我打吧，不用一對一這麼花時間了！」黃虎高聲說著。

翻譯員把黃虎的話轉述給谷壽二一夫等人，他們同感吃驚，紛紛把黃虎合圍著。黃虎見前後站了三人，田血也加入對方陣營。

「你這日本人穿著洋人的衣服真不合身，怪模怪樣的，還是脫下來吧！」黃虎對谷壽二一夫笑著說。

只見黃虎突然縱身一躍便站到谷壽二一夫身後，然後閃電般把對方的衣服抓破，散落在地上。田血及另外的日本人見黃虎身手如此迅速，瞪目結舌的。

就在這個時候，場上三人同時被黃虎打了一記耳光，卻看不清對方的來勢。他們怒不可遏，急往黃虎的身影攻去。可是在電光火石間，黃虎快捷異常的避開了攻擊，在三人之間的空隙走了出來。黃虎縱身一跳到樹上，對著三人哈哈大笑的。谷壽二一夫氣得怒吼連連，連說多句髒話，可是黃虎聽不明白對方的語言。

突然傳來「砰」的一聲響，山本夫乘黃虎不備之際，在一旁對準他身上開了一槍。黃虎被這突如其來的槍火射中，登時血流如注，從樹上倒下來。田血立時拿出鞭子來，然後慢慢走近黃虎身旁。田血見他緊閉雙目，全沒有反應的，以為對方已死去。就在這個時候，黃虎突然睜開雙目，然後伸出右手扣著他咽喉，田血萬料不到對方竟是在誘自己上前，然後出其不意的偷襲，氣得臉紅耳赤的。

「你這廝知道猛獸在受傷後會不動，以誘對方來嗎？我便是在森林習得此技倆的！」黃虎猙獰的說著。

其他人見黃虎受了槍傷還能情急生智，不禁佩服他。

「黃大哥，念在我們多年合作，請你放過我吧。」田血哀求著。

「你這沒種的東西，剛才還想置我於死地，現在竟要求我放過你？」

「我是受蘇薩唆擺的，我保證沒有下一次。」

黃虎只要在手心發勁，田血頸骨立時便會碎裂。可是黃虎想起多年來跟他出生入死，共歷患難，而且今次來生事的是眼前的日本人，實不能歸咎於田血。黃虎把田血的鞭子搶過，然後把他推在蘇薩身前。正當眾人把目光專注在田血身上時，黃虎突然把鞭子一揮，捲著山本夫的手腕，然後把他拉倒在身前。

「你這罪魁禍首，今天我便要把你這日本鬼子殺了！」

正當黃虎想下手之際，卻因剛才受傷而失血過多，頓時站立不穩。谷壽二夫和他的同伴西條隆見狀，急把黃虎推倒地上，然後在其傷口之處發招。正當黃虎轉眼便遭毒手之際，突然有一人趕上前來。

只見這人雖長身玉立，臉上卻帶著幾分稚氣，所穿的衣服略嫌殘舊，顯是在這地方工作的華工，此人正是林小當。他自得知日本人欲在這裡種植罌粟，然後運往大清後，一直在跟蹤這些日本人，以探知情況。剛才他一直隱身於一旁，待見黃虎受槍傷，岌岌可危之時卻一腔熱血，不自覺的站了出來。只見林小當使出貢雷所授的玄通拳，瞬間把谷壽二夫及西條隆的攻勢架開。黃虎在危急中突然看見有人前身相救，微感驚奇，卻一時未認出是林小當。

「田先生，這些日本人不懷好意的，想把罌粟製成鴉片然後運到大清，你千萬別上當呢。」林小當一本正經的說著。

蘇薩和田血立時認出眼前此人便是其中一名華工，卻不明白這人為何突然在此阻撓。

「你這傢伙不是在採煤嗎？怎麼會在這裡的？這種事不用你這工人理會，只需好好的工作便是！」蘇薩罵著。

黃虎此時終看清林小當的臉，卻不明白他為甚麼要插手理會這事。

「小子，你快回去吧，別多管閒事了。」黃虎躺在地上苦笑著。

谷壽二夫及西條隆見這人年紀尚輕，膽敢來干涉他們，顯是不把他倆放在眼裡。西條隆把手搭在林小當肩膊上。

「小子，你的膽不小。」（日語）

林小當聽不懂日語，正在思索對方意思時，西條隆突然轉身站在林小當身前，背向著對方，然後拉著他的手，把他從肩上順勢拋出，整個人倒在地上，林小當痛得險些站立不穩，摸著腰呆呆出神。

「小子，這是日本的柔道招數，你千萬不要再被對方捉緊手和腰間！」黃虎大聲說著。

林小當被摔得滿天星斗的，還未能好好的聽著黃虎的話，西條隆已經乘勝追擊，雙手捉緊林小當的兩臂，然後用腳把他勾倒在地上。黃虎按著傷口看著，不禁連連搖頭。林小當慢慢的爬起來，還未弄清是怎麼一回事，卻又被西條隆拉著，整個人被摔在地上，滿臉灰塵。

谷壽二夫見林小當毫無還擊之力的，也不上前了，還在可憐對方。黃虎眼見形勢強弱分明，只要林小當倒下來，他倆立時便會被這些日本人幹掉，只得兵行險著，把山本夫擒著或有一線生機。黃虎強忍傷口痛楚，勉強的站了起來，然後慢慢走近山本夫。

就在這個時候，山本夫、谷壽二夫、蘇薩和田血四人同時驚呼，臉上盡是難以置信之色。黃虎看在眼裡，大感驚奇，忍不住的朝他們的視線而望去。只見林小當坐了在樹上，而西條隆則在樹下。

「八嘎，快下來！跟我好好的比試！」（日語）西條隆喝罵著。

林小當接連被摔得鼻清目瘀的，只得奮力一跳，躍到樹上喘一口氣。西條隆想徒手爬到樹上，把林小當擒下來，可是他不懂輕功，四肢齊用也爬不上去。

「小子，你先用容不下的擒拿手對付這日本鬼子！」

黃虎曾跟容不下等人交手，熟知對方的武功套路，而他知道林小當師承容不下等人，於是出言提點，希望能扭轉劣勢。林小當聽得黃虎的話後，不假思索，立時從樹上躍下，使出容不下所授絕技「飛鷹狂風爪」，從上而下的撲向對方，就如餓鷹在空中急墜捕捉獵物。

林小當跟容不下學習這招數時，險些摔斷手臂，經過無數次的練習才學會。按照容不下所授這招的要旨是攻擊對方的頭部要害，只能在萬不得已的危急關頭下才能使用。西條隆被這突如其來的招數弄得手足無措，林小當生性仁慈，不願傷及他的要害，偏離了目標，擊中其右肩膊上。西條隆疼痛得手也抬不起來，臉漲得通紅。

「小子，現在用白老頭的散手來把日本鬼子摔倒！」黃虎說著。

林小當見他剛才提點湊效，故當即依他意思，使出白一筆的本領來。只見林小當雙臂運勁，然後大喝一聲，直取對方面門。西條隆本能反應的舉起左手來抵擋，卻被林小當抓著其臂，然後把他摔在地上，半天爬不起來。谷壽二一夫見同伴被大清的一個黃毛小子所打敗，認定是輕敵所致。他拔出腰間的東瀛刀來，伸直雙臂來緊握刀柄，一臉自負的樣子。

「小子，你要留神這日本鬼子的刀，非常鋒利的！」

黃虎曾在福建沿海遇上日本武士，並曾與之決鬥，可是他當年未習得高深的武功，敗在其刀下。林小當只從容不下等人習得拳法和輕功，對兵器一竅不通，這是因為在這偏遠之地，難以覓得兵器來傳藝。再者，蘇薩等人更不容許華工私藏兵器。

谷壽二一夫不待林小當有喘息機會，隨即揮動刀來，在對方身上虛晃數招，然後直取要害。林小當難以招架，狼狽不堪，一不小心被地上的石塊所絆，摔倒在地上，谷壽二夫哪會放過此機會，立時把刀舉至頭上，然後向林小當身上猛劈下去，正當山本夫等人以為林小當頃刻間會被砍成兩截時，黃虎把田血的鞭子擲去，正打在谷壽二夫的手腕上，使其刀脫手而去。林小當大難不死，驚得目瞪口呆的。黃虎不待谷壽二夫反應過來，立刻抽出身上匕首來，然後出其不意的插在他胸口。谷壽二夫還未回過神來便已身亡，臉上露出極其怪異的神情。

黃虎雖偷襲成功，卻牽動了傷口，血流不止。他剛才見林小當轉眼便要死在谷壽二夫的刀下，在千鈞一髮之際出手相助，然後運起全身僅剩餘的力氣把谷壽二夫解決。山本夫及西條隆萬料不到黃虎竟會對谷壽二夫施襲，完全不理會比武的規矩，氣得破口大罵，連說日本的髒話。田血和林小當卻絲毫不覺意外，他們在多年前曾目睹黃虎以匕首來暗算容不下，把對方手腕割斷，害其終生殘廢。山本夫和西條隆哪會放過黃虎？當即步步進逼，替谷壽二夫報仇。

林小當見黃虎勢危，剛才沒有他的話，恐怕已死於日本鬼子的刀下，於是挺身相救。西條隆此時已大概了解林小當經驗尚淺，容他接近其身，然後再一次把他摔倒在地。黃虎自知難逃一死，不禁苦笑，然後對田血說：

「老田，你千萬不要替日本鬼子種植罌粟，別忘了我們的家人都是被鴉片害死的。」

田血看著黃虎一臉淒然的，想起他倆在年輕時醉心工作，在婆羅洲赤手空拳的打退所有敵人，成為當地華人之首。此時此刻實不忍這位兄弟死於日本鬼子之手。正當山本夫舉起洋槍來射殺黃虎時，田血猛力撞向山本夫，使他的洋槍偏離了目標。西條隆和蘇薩見田血突然背叛他們，不禁錯愕。田血拾起地上的鞭子，然後高聲說著。

「你們快離開這裡！」

黃虎一怔，然後急扶起林小當離開，西條隆伸出右手欲把他倆拉回來，突然被一條鞭子綁著其手。

「我不許你碰他們。」田血說著。

西條隆雖聽不懂田血的說話，對方卻顯是在阻撓。他嘴角掛著笑意，然後抬腿踢向田血的下鄂。這一招快捷迅速，而且突如其來的，田血立時被踢中，撲倒在地。西條隆精通柔道和腿法，在日本薄有名聲。山本夫看中他精湛的武藝，故邀請他同到婆羅洲來執行任務，委以重任。西條隆伸腿踏在田血的胸口上，臉上盡是猙獰的神色。

林小當忍不住回頭看，驚見田血敗倒地上，便欲折返救他。黃虎不忍回望，拼命的帶著林小當逃離。蘇薩擔心黃虎逃去，日後只怕會對己不利。當即請山本夫他倆追殺黃虎。

「不用擔心，我們所坐的船在海邊，船裡有多位我們的武士，隨時候命，準能把黃虎除掉。」（日語）山本夫說著。

田血被西條隆打得奄奄一息，已經活不成了。山本夫不滿他反覆無常，讓黃虎二人逃脫，於是開槍射殺。林小當扶著黃虎急走，在山林間竄逃。黃虎見身前這小子步法輕盈，呼吸有序，顯是習得上乘輕功，不禁佩服容不下收得一個好徒兒。過不多時，黃虎示意在附近的一個叢林停下，然後指示林小當到一個山洞裡。

「這地方是我從前逃避仇家追殺時所發現的。」黃虎苦笑著。

林小當他倆走到山洞裡躲藏。黃虎這時已支持不住，臉色慘白，昏暈在地上。清晨時分，黃虎悠悠轉醒，他發現在傷口位置被破衣包紮著，而林小當在山洞口睡著。黃虎啞然失笑，想不到竟被這黃毛小子所救。他料想蘇薩等人必在搜捕，可是自己身受重傷，實無力抵擋。林小當醒來後伺機到附近海邊弄一些清水回來，卻驚見有一艘船停泊在海邊，船上似有多名船員，裝束跟山本夫、谷壽二夫差不多。林小當把所見告知黃虎，料想是山本夫等人的同伴。黃虎苦思對策，卻無把握。他不經意間看著林小當，轉念一想，忽生一計。

「臭小子，你過來，我有話跟你說。」

「我叫林小當，不是臭小子。把你救了還這般沒有禮貌的。」

「好，小當，我問你想在這裡等死還是逃出去？」

「當然想離開這裡，可是我打不過那日本人，而且你也受傷了。」

「你說的沒錯，依目前情況，我們難以活著離開，可是你曾經習武，只是學藝未精才敵不過日本鬼子。」

「我武功不及那日本人，我是知道的。」

「不，我意思是我可以教你武功，由你來打敗那些日本鬼子。」

林小當對黃虎的話不禁猶豫。他在年幼時目睹師父被黃虎所傷，實不願學習對方的武功，可是剛才目睹黃虎戲耍那些日本人，所展示的本領確實是高強。

「那兩個日本鬼子和他們的同伴正在四周搜捕我倆，說不定遇上你那些師父，以你那姓容的師父的脾氣，肯定會跟日本鬼子動手。難道你想他們因此命喪黃泉？」

林小當一聽這句話，只怕成為事實，當即答應跟他學藝。

這個時候，山本夫把黃虎及林小當的外貌特徵告知其他船員，船上的全是日本國內的武學高手，跟谷壽二夫及西條隆一樣被山本夫委托為特務，前來婆羅洲視察及開拓在南洋種植罌粟的據點。蘇薩帶著他們到附近一帶搜查，料想黃虎二人逃得不遠。西條隆及另一個日本特務向井真司到當地華工的住所搜查。他們用佩刀把屋門前的門柄劈開，然後大模大樣的走進去，正在屋內休息的華工紛紛聚在一起。

「你們是甚麼人？來幹甚麼的？」其中一個華工上前說著。

西條隆不理會那個華工，掃視屋內所有華工的臉，卻找不到黃虎及林小當。另外一個華工見他們無禮，於是上前揶揄一番。

「你是啞巴嗎？難怪一直不說話的。」

向井真司聽這些華工笑聲四起，料定在奚落他。突然寒光一閃，那華工頓時死於他的刀下。此時此刻，這些華工才明白來了大魔頭，厄運降臨在他們身上。木屋裡霎時亂作一團，其中有見識的華工示意他們要保持鎮定，要先弄清楚事情。這個時候，蘇薩來到木屋裡，一眾華工以為救星到來，豈料蘇薩對那些來歷不明的人言聽計從，眉來眼去的。

「容不下，貢雷還有白一筆在這裡嗎？」蘇薩問著。

這些華工聽見是找他們三人，面面相覷。

「今早是看見貢雷在採煤的，現在卻不知在哪裡了。」翻譯員把其中一名華工的說話轉述山本夫。

山本夫掛上冷峻的笑容，然後拿出手槍指向其中一位華工的頭上。

「那真的不好意思了，要勞煩這些辛勞的華工待在這裡，如果今天日落前，那三人還未出現，就逐一把這些華工處死。你說這主意好嗎？」（日語）山本夫一臉有禮的說著。

蘇薩聽見他的話，不禁毛骨悚然，卻又不敢反對。

西條隆及向井真司把守著屋門，禁止這些華工出入。蘇薩命隨從加緊搜補，務必要找到黃虎二人。可憐那些華工還未知道發生甚麼事情，他們提心吊膽的被困這裡，屋內瀰漫著恐慌和猜疑。

「容不下他們到底闖出甚麼禍來？」

「那些看似是日本人來的，怎會在這裡的？」

「幹甚麼要把我們關在這裡？我們是無辜的。」

蘇薩眼見這些華工平白的被挾持，實在於心不忍，於是跟山本夫商談是否有別的方法。

「可是那三個華工是那黃毛小子的師父，不捉他們又怎能引小鬼出來？」（日語）

「如果容不下三人現身的話，山本先生真的會放過這些華工？」

「這個自然，這些華工還要替我們種植罌粟。之後還要蘇薩先生好好的監督呢。」（日語）

山本夫是日本國內首屈一指的商人，跟軍方有密切關係。他精明能幹，城府極深，深得器重，他老謀深算，籍替日本軍方辦事，開拓南洋的業務來鞏固勢力。由於英吉利和荷蘭已在南洋實行殖民管治，大力發展煤礦和種植園經濟業務，而且招來大量當地人和華工來辦事，勢力根深蒂固。日本想在南洋開拓業務便要依仗當地人，所以山本夫以重金籠絡蘇薩，鏟除在這裡的華工首領黃虎，以便建立勢力。

日落時候，天空泛著血紅色的晚霞，像在宣示不祥的徵兆。山本夫看著繫在腰間的陀錶，臉上掛著詭秘的笑容。

「三條小魚是時候上鉤了。」（日語）

西條隆用腿把門踢開，然後握著佩刀進入。向井真司挽起衣袖的站在一旁，閉目等候目標人物現身。

「那三條小魚還沒有回來嗎？這可怪不得我們了。」（日語）山本夫說著。

正當西條隆準備動手之際，其中一個身材高大，體格壯實的華工走在他面前。

「你們這些日本人欺人太甚，今天我倒要看看你們的本事！」

西條隆一臉趾高氣揚的樣子，毫不理會對方。那華工勃然大怒，揮拳擊在西條隆身上，這一招結實的擊中其胸口，力度十足。然而，西條隆渾若沒事的，他伸手握著那華工的頸，然後高舉起來。這一著令其他華工大驚失色，卻誰都不敢上前制止。

正當那華工瀕臨死亡之際，突然有一人從屋外急奔而至，西條隆還未看楚對方的臉，一股急勁的掌風向他臉上撲去。西條隆伸手阻擋，豈知那人正是誘他伸出手來，然後把那華工救出。西條隆這才會意過來，急抬腿踢向對方，那人使出散手絕技，把西條隆的腿撥高，整個人向後摔倒，在場華工歡呼四起。

「白老頭你們終於回來啦！」

「我們還以為你們逃走了！」

「你奶奶的，我白一筆怎會逃掉？我們剛才在種植園施肥，突然有兩個日本鬼子來動手動腳的，我把那些人教訓一頓後才知這裡生事，然後急趕回來了。」說話之人正是白一筆。

容不下和貢雷從後而至，他倆立即扶起那受傷的華工檢查其傷勢。

「不礙事嗎？」

「只怕要長時間休養，對方出手太重了。」

貢雷曾在武當山學藝，對養生治療略有所學。容不下跟西條隆交換了一個眼神，怪責對方出手狠辣。蘇薩見他們現身，當即躲在向井真司背後，可是容不下三人目光銳利，頃刻便注意著他了。

「蘇薩，到底怎麼一回事了？這些日本人幹甚麼纏著我們？」容不下聲若洪鍾的說著。

蘇薩起初還被他們的氣勢震懾，可是想起容不下和貢雷已被黃虎廢掉武功，如今有山本夫等日本人可依附，於是站了出來。

「林小當是你們的徒兒嗎？他和黃虎把一個日本人殺害了。」

「胡說八道，小當不會幹這等事的，至於那黃虎倒有可能。」

「我看其中定有誤會，請你們把事情從頭到尾告知我們。」容不下及貢雷齊聲質問。

「你奶奶的，你怎麼站在日本人那邊的？先吃我一拳再說！」

白一筆劈面向蘇薩擊去，正當他倆距離不到數寸的時候，突然有一人從旁而來，張腿踢向白一筆。白一筆突見有人來襲，急揮掌還擊，這人正是向井真司。

「蘇薩先生現在是我們的朋友，請你把黃虎及林小當交出來。」（日語）山本夫說著。

貢雷眼見形勢強弱懸殊，己方只有白一筆身有武功，而他跟容不下再不能使用武功，若不是被黃虎所傷，定能把這些日本人擒下。對方武功不弱而且備有洋槍，實難應付。

「真的不知道嗎？」山本夫跟西條隆使眼色。

只見西條隆揮刀走近華工人群，眾皆驚惶失措。白一筆手背被向井真司踢得疼痛難當，卻不得不出手阻止，向井真司站在其身前阻擋去路。容不下氣得大發雷霆，也顧不得身體有傷，挺身而出。正當他想使出擒拿手時，卻運不起勁來，所使的只有招式卻沒有力度。西條隆初見容不下時，眼見對方雙目炯炯有神，氣度威猛，武功定當不弱。西條隆這時察覺容不下正在其後，哪敢輕敵，於是使出八成功力揮掌往對方擊去。

「容兄小心！」貢雷急著說。

只聽「喀」的一聲，容不下胸骨立時被打得斷裂，吐了一大口血，已經活不下去了。

貢雷急奔到容不下身旁守著，悲痛不已。西條隆以為對方是一個厲害人物，豈知一碰即敗，大出意料之外。白一筆畢竟老邁力衰，跟向井真司對決間漸落下風，難以脫身。山本夫見林小當遲遲不出現，便令向井真司速戰速決，把白一筆擊斃。貢雷眼見情況險惡，勉強使出玄通拳，可是他琵琶骨已斷多年，使不出內勁來，過不多時便大感吃力。向井真司使出絕技，把白一筆打得倒地不起。在場華工均覺日本鬼子殘忍，可是無能為力，站在一旁看著。山本夫拿著洋槍，準備射殺貢雷。

就在這個時候，一個少年急步而至，直接越過向井真司和西條隆，把山本夫的洋槍擊落。只見這人皮膚黝黑，體格壯健，所穿衣服破舊，赤腳而行，正是林小當。他安置黃虎在隱閉的山洞養傷後便欲回到住屋裡，可是黃虎執意傳授他武功。在這一天，林小當在自身的武功上得到黃虎的指點，把容不下，貢雷及白一筆所授的三家武學化繁為簡，各取所長，使林小當更得心應手。黃虎原本想再把自己的絕學一併授於他，可是林小當擔心三位師父的安危，堅決回去，因此先行一步。貢雷斗然間看見愛徒回來，心神稍定，卻又擔心山本夫等人對他加害。林小當驚見容不下及白一筆倒在地上，血濺外衣，他只覺天旋地轉，站立不穩，爬在他們身旁。

「師父……我是小當吖，你快醒醒。」

容不下聽得徒兒聲音，緩緩睜開眼睛。

「是小……小當嗎？」

「是我……徒兒回來了，師父你支持著！」

林小當哽咽的說著。

「小當，這些日本人怎會來捉拿你的？到底發生甚麼事了？」貢雷問起因由。

林小當於是跟師父說起遇上這些日本人，得知他們跟蘇薩合謀在這裡種植罌粟，用作製成鴉片，然後運往大清。黃虎不願跟他們同流合污，反被山本夫暗算。林小當在危急之際予以援手，助其逃脫。容不下和貢雷聽見徒兒明辨是非黑白，挺身而出，並不是理虧一方，均長舒一口氣。

「好徒兒……你幹得好……要是我的話也會這樣幹。」

容不下說了這句話後，因傷重而逝，臉上卻帶著欣慰的神色。

「師父……師父！」

林小當撲在容不下身上，淚流滿面。貢雷修練武當的內家武學多年，凡事豁達，可是眼見情同手足的摯友謝世，不禁悲傷。蘇薩恨林小當當眾把他跟日本人勾結種植罌粟的事說出來，於是撿起西條隆的刀來從後偷襲，貢雷正面向眾人，驚見蘇薩在林小當背後偷襲。

「小當，小心背後！」貢雷急說著。

林小當在心神激盪之際，忽聽得貢雷在叫喊，來不及防備，在千鈞一髮之際，林小當不假思索，使出黃虎在山洞所授武功要訣，以輕功急往前衝，避開敵人從後襲擊，然後轉身以擒拿手法奪其武器，再以散手把對方摔倒在地上。其他華工看見林小當險被砍成兩截，眾皆心驚膽跳。其後蘇薩在轉瞬間竟被摔在一旁，待那些華工回過神來時，紛紛起哄歡呼。

西條隆及向井真司交換了眼神。他們均覺林小當剛才的一擊行雲流水，把不同招數的功夫在頃刻間連貫在一起，一氣呵成。而且林小當呼吸自然暢順，不見散亂。他倆在武學上略有所成，自然看出林小當武功在短時間內突飛猛進。賁雷看見徒兒武功大有精進，既錯愕又欣慰。西條隆躍躍欲試林小當的武功，於是使出柔道的絕技來，打算一下子便把對方撻在地上，林小當見他來勢迅速，當即以散手十式中的「帶」字訣，把對方雙手撥到身旁，然後以擒拿手捉緊著其手肘位置，順勢的拉倒在地上。由於西條隆出招急勁，被林小當拉在地上時，他鼻子猛向地板撞去，當即鼻血長流。其他華工見狀，紛紛捧腹大笑。西條隆感到大出洋相，在盛怒之下拿起佩刀猛向林小當腰間劈去。

只見林小當縱身一躍，轉眼間便在相隔一尺的位置。他扶起白一筆，在探知其尚有呼吸後，稍覺寬心。西條隆看著林小當顯露輕功，自恃不及對方，只得作罷。向井真司自恃武功跟西條隆在伯仲間，眼見對方不能制服一個乳臭未乾的小子，而且處於下風，當即置身事外，避免自暴其短，有失身分。山本夫有感大好形勢突然被這大清的小子所破，而且武功看似在兩位同伴之上，大感懊惱。山本夫伸手入裡，拿出火摺出來。只見他走出門外後點燃火摺，然後舉手往天空發射，立時火光四濺。過不多時，十多個日本人奔到在門外。原來山本夫剛才以火摺召喚援手。停泊在海邊的木船上的日本人整裝待發，當發現山本夫所發射的火光，當即現身來相助。這些人看見山本夫後，紛紛鞠躬，恭敬得很。

「給我拿下！」（日語）

只見這些日本人各自拿出佩刀來，然後喝罵所有華工要跪下。林小當眼見對方是因自己而來，不想這些手無寸鐵的華工被殺害，於是決定跟這些日本人離開。貢雷不忍見徒兒束手就綁，突然把其中一個日本人的刀搶下，然後勉強使上武功，欺到山本夫身前將其挾持。其餘日本人見狀當即不敢貿然行動。林小當見師父被所有日本人合圍著，於是想上前跟他並肩作戰。

「小當，快帶你白師父離開！」貢雷叫喊著。

林小當向來對師父的話言聽計從，可是貢雷這句話卻令他大為躊躇，若果讓貢雷獨自留在這裡，後果是不堪設想的。

「師父……我不能就此離你而去的！」林小當哭著說。

「你是否連師父的話都不聽了？快去！」貢雷再三喝著。

山本夫被貢雷用刀架在頸上，不敢亂動，只怕對方稍一用力，自己立時一命嗚呼，客死異鄉。西條隆及向井真司分站在他們前後，以防貢雷挾持山本夫離開。林小當把白一筆扶起後走到門前，可是立時有數名日本人阻擋在門前。

「快叫他們讓開！」貢雷對山本夫喝著。

山本夫會意其意思，不敢違抗，只得揮手示意讓他們離開。林小當在臨走出門外前，轉身回望師父，然後忍痛帶著白一筆走出屋裡。貢雷眼見徒兒離開後，心神稍寬，再也支持不住，再沒有力氣挾持山本夫，手上的刀應聲落地。西條隆見狀把山本夫拉到其身後，其他日本人立時舉刀往貢雷身上砍去。貢雷在臨死前看見愛徒武功長進，臉帶欣慰神色。

山本夫驚魂未定，急伸手摸著自己的脖子，唯恐剛才被貢雷劃下道子。他在檢查無恙後才舒一口氣，然後往貢雷遺體踢去。在場的華工嚇得不敢作聲，擔心遭屠殺，山本夫無暇理會他們，急領著身後的日本武士追補林小當和白一筆，以報剛才被挾持之仇。

林小當拼命的帶著白一筆逃避山本夫等人的追殺，此時，天上下起雨來，地面濕滑，林小當一不小心滑倒地上。他只覺身心都疲倦不堪，想就此躺在地上，讓雨水打在身上。林小當看著倒在身旁的白一筆昏迷不醒，只擔心貢雷的安危，頓時悲從中來。他不敢放聲大哭，引來山本夫等人的發現，只得抱頭哭泣起來。過不多時，林小當聽得附近傳來腳步聲，似有人正在前來，他急把白一筆扶起，然後躲在草叢裡。

「那臭小子往哪逃了？應該逃得不遠的。」

林小當從草叢中張望，只見蘇薩和數名日本武士正在追補他，蘇薩伸手撥開草兒查看，卻不見目標人物，正當他想和隨從的日本武士到別處時，突然發現地上有血漬。林小當看在眼裡，心裡大跳特跳的，只怕立時被發現。這個時候，蘇薩指使那些日本武士到一旁搜查，然後突然把林小當身前的草兒撥開，兩人登時朝面。林小當立時驚得雙腿不能動，呆在當場，然而，蘇薩卻沒有立時向日本武士揭發他們行蹤，只是低聲跟林小當說了一句話：

「你們快登上在海邊的船。然後跟船員離開到香港去。」

蘇薩因接連目睹昔日的同伴及華工被殺害，自知誤墜山本夫的圈套，卻不敢違背其意思，內心掙扎不已。他剛才雖想對林小當不利，冷靜過來後不忍再對其加害。林小當聽見蘇薩的話後錯愕萬分，想不到對方竟會放他們離開。蘇薩把話說畢後，轉身回到那些日本武士身旁，示意好像看見目標人物在前方逃去，大伙兒於是立刻前往搜捕。林小當看見他們離開後，扶著白一筆到海邊去。正當林小當準備離開這地方的時候，有一人卻隻身回到華工的住所裡。

「看來我來遲一步呢。」

黃虎在山洞裡運功療傷後，其傷勢已有好轉。他擔心林小當的安危，於是待體力稍為回復後便動身。黃虎在屋裡看見容不下及貢雷的遺體，以及一群受驚的華工。他從華工的口中得知剛才所發生的事，於是前往尋找林小當去。

夜幕低垂，微風吹在華工的住所時顯得份外冷清。天上朦朧一片，月兒躲在雲後，仿似在哭泣。林小當拼命的扶著白一筆往海邊走去，他在這地方生活了多年，對附近的山路瞭如指掌，所以挑了一條偏僻、不容易被外人發現的路行走。山本夫及蘇薩等人兵分兩路截擊林小當，他們盡是在大路上走動，一無所獲。正當黃虎在小徑趕路時，他發現山本夫及向井真司等人在前方走著。黃虎看在眼裡，臉上掛著詭秘的笑意。他雖然受了槍傷，但未傷及要害，依著內功深厚，經過一夜的運功療傷後，其傷勢已見好轉。

黃虎不動聲色的慢慢接近山本夫等人，仿如猛獸緊盯著獵物，再也逃不出其視線範圍，準備使出致命一擊。西條隆萬料不到死期已悄然迫近，黃虎掏出懷裡的匕首，然後以輕功走到站在後排位置的西條隆身後。只見寒光一閃，黃虎舉起匕首猛往目標插去，西條隆突然感到背後有人偷襲，急伸掌往後擊去，正被匕首刺中，頓時鮮血長流，黃虎不待西條隆反抗，立時使出重手往他頭頂拍去。只見西條隆一聲不響的倒在地上，七孔流著鮮紅的血。山本夫等人察覺身後有異，轉身驚見黃虎站在眼前，黃虎恨極山本夫前來興風作浪，密謀在這地方種植罌粟運往大清，荼毒國民。只見黃虎伸腿往山本夫身上踢去，向井真司急把他拉在其身後，然後拔出佩刀來，往黃虎劈去。黃虎傷勢未痊癒，其身手不如之前般靈活，他擔心牽動傷口而破裂，所以盡量減少活動範圍。向井真司察覺他的顧慮，不讓對方有喘息的機會，急猛下殺著。黃虎連忙閃避，漸感不支。

正當向井真司快要得手之際，只見黃虎長臂一伸往向井真司雙眼點去，這一著大出他人意料之外，向井真司雙目流著鮮血，其狀恐怖。他驚覺眼前漆黑一片，不能視物，慌張得跌倒在地上嚎叫。山本夫見此情況，哪敢停留，當即轉身逃走。黃虎運上內力使勁一揮，把匕首往山本夫後心擲去，頓時穿過其心臟而出，倒地身亡。黃虎往山本夫的屍首走去，然後檢查其身上是否有重要物品，卻掏出一封信件來。黃虎隨手把信件打開來看，只見是以日文來書寫的，他看不明白內容，在罵了幾句後便把信件放在懷裡。向井真司雙目已瞎，他難已接受事實，於是挺刀往腹中刺去，以切腹形式了結生命。黃虎擔心林小當已落入蘇薩等人手中，當即前往海邊。

「師父，你好點沒有？還能堅持嗎？」

林小當問著伏在背上的白一筆，可是沒有反應。他再問著，對方依然沒有開口。林小當微感不妥，於是把白一筆放在地上。他見師父毫無知覺，立知不妙，當即伸手往其鼻上一探，豈知已沒有呼吸了。白一筆受西條隆所傷，已油盡燈枯，在林小當帶著他離開的途中已悄然逝去。林小當傷心得嚎啕大哭，他的三位師父接連離世，被山本夫等人所害。林小當撲在白一筆身上痛哭，哭得肝腸寸斷的。在這時候，他多麼想白一筆能醒過來，然後痛罵一頓的，可是再也不能聽見了。此時星光暗淡，田野間漆黑一片，林小當獨自守在白一筆遺體的旁邊，顯得份外淒涼，他心力交瘁的，在矇矓中睡著。

清晨時分，涼風吹在林小當身上，過不多時，有人輕拍他的肩膊，林小當以為被山本夫等人尋著，立時醒來了。

「原來你在這裡，害我走遍了附近山路呢。」

林小當抬頭看著，只見說話之人身高七尺，虎背熊腰，肩上用布包紮著傷口的，正是黃虎。林小當從前對此人沒有好感的，可是在這兩天共經患難，此時再遇，心底竟把他當作同伴了。黃虎得知白一筆已離逝，不禁黯然，當下與林小當把他的遺體安葬在一旁。黃虎跟林小當說已經手刃山本夫、西條隆及向井真司等人，卻不知蘇薩的行蹤。林小當於是跟他說得蘇薩的幫助才能避過其他日本武士的追捕。黃虎得知蘇薩竟會替林小當解圍，不禁愕然。

「你今後離開這地方吧，我不會阻撓你。」黃虎說著。

林小當從踏足婆羅洲以來，一直也是跟三個師父在一起，現在讓他獨自離開，反倒一片惆悵。黃虎悄悄登上山本夫所停泊在海邊的貨船，只見船中有數名船員，看似在等待山本夫等人。黃虎提氣往上一躍，來到船上。他見船裡放了多箱貨物，於是上前一探。就在這個時候，有船員正從後走來，黃虎聽對方的腳步聲不穩，不似會武功之人。他突然走出把對方挾持，然後厲聲喝道：

「你們是甚麼人？這船是往哪去的？」

那船員被黃虎緊握著手腕，痛得淚水直流。

「我們是從香港而來的，本來是要把貨物運到馬六甲的，誰知那些日本人突然上船，他們拿著洋槍要挾我們把船駛到婆羅洲這地方去。他奶奶的，現在我們不能準時把貨物運送當地，要倒賠銀倆了。」

黃虎聽見那船員的話後，心裡有了主意，於是掏出從山本夫身上所得的巨額銀票給船員，示意把船駛回香港去。那船員得到銀票後，連忙稱謝答應。黃虎把林小當帶到船邊，然後從懷裡掏出一本武功扎記給他。

「你武功這麼遜，當心日後給別人欺負，我這本札記或許對你這臭小子有幫助呢。」

黃虎嘴上不饒人，其實心裡還挺為林小當著想的。

林小當在悲痛中，沒對黃虎所給的扎記多加留意便放在懷裡。

「你也跟我一起到香港嗎？」

黃虎沒有立時回答林小當的話，他轉過身去，然後看著身前的大海。

「我還要留在這地方，別讓其他日本鬼子再來胡作非為。」黃虎堅定的說著。

林小當低頭思索片刻，回想山本夫說過要在這地方種植罌粟。雖然山本夫已死，但難保其他日本人不會再乘船而來，傷害無辜的華工。林小當想通此節便不再邀黃虎一起到香港。林小當走到白一筆的墳前跪拜，他揮淚作別後便踏上貨船。臨行前，黃虎跟他說會把容不下及貢雷的遺體好好安葬，叮囑林小當不用掛心。

「臭小子，你獨自在江湖行走，要切記提防人心險惡，我在萬里以外可不想來替你殮葬呢！」

黃虎跟他共歷患難，想到離別在即，卻忍不住揶揄他。貨船上的船員準備就緒，當即揚帆出海。黃虎合上眼睛，想起年青時一起出生入死的兄弟，感嘆歲月的流逝及在江湖上的身不由己。

林小當坐在船邊，回想初來這地方時雖然歷盡劫難，身邊卻有容不下、貢雷、白一筆在守護著。當時在船上坐著近百人，如今卻剩下他一人獨自回程，倍感形單隻形。當天的孩童已長大成人，他看著大海，呆呆出神，前往那陌生的地方。夕陽影照著大海，海面波光粼粼，偶有一群鯨魚游過，林小當躺在木船上，看著蔚藍的天空和遼寬的海洋。

「閒著沒事，不如看看黃虎那本扎記吧。」林小當自言自語的。

當他翻看手上的扎記，眼前立時呈現出以人形為圖案的圖畫，在每頁上展現著招式的動作，栩栩如生，林小當看得有趣，不自覺的練起來。正當他翻閱至最後數頁時，扎記所標示的是練習內功的法門和姿勢，全書沒有文字注解，只以圖案來記載一套高深的武學。黃虎及林小當均是目不識丁，而這本扎記的人形圖案生動有趣，由數百年前的武林高手所繪，直流傳至今。林小當在貨船上百無聊賴，練起扎記上的武學時卻專心一致。他性格偏向清心寡欲，加上其本來的武學根底，使修練起來進步神速。此時此刻，他陶醉於修習時的樂趣和初窺新的武學境界。

這個時候，在遠東的日本正有政客在發愁。

「山本怎麼跟我們失去聯絡的？難道他已被別人洞悉身分？」（日語）

「山本該不是已遇害吧，要不是任務生敗，怎會音訊全無？」（日語）

「山本這人太目中無人，死不足惜，我們在香港還有探子在，我們可以從中得到重要情報。」（日語）

秋去冬來，轉眼已到冬至時分，街道上的行人已換上厚厚的衣服。這一天是傳統習俗上家人團聚的日子，市集上人們熙來攘往，家家戶戶正忙著準備這別具意義的晚餐。

「老闆，來給我一隻肥雞，今天我們老爺回來，可不能少了這道菜呢！」

檔口老闆抬頭看著，只見說話者是一個身披棉襖的女子，正是上官家的管家連惠伶。

「大姐放心！我保證挑一隻肥肥白白的雞來！」

連惠伶左手拿著雞籠，右手拿著準備做菜的材料，分身不暇。她站在街角上等著。

「你這小子怎麼現在才來的？你看我多忙！」

「嘻，連姐你別生氣，我剛才人有三急，到茅廁去了。」鍾良景笑著說。

「靜月呢？這丫頭去哪了？」

「她到書齋替少爺買新的墨硯和紙張呢，不會跟我們來呢。」

「靜月這丫頭總是獨來獨往的，跟我們一起生活了七年，還是這種高傲脾性。」

「她叫靜月嘛，人如其名，也是好靜的。」

「你叫良景難道便很善良了？我看你總是袒護著靜月，任誰都瞧得出你喜歡她呢。」

「連姐你別笑我了，我哪配得上她這美人兒，只要你跟靜月在街上走著，就會發覺總有男子多看她一眼。曾有洋鬼子對靜月目不轉睛的看著，可是她毫不理睬的，那些洋鬼子大出洋相呢。」

靜月自從得上官夫人收留在上官宅生活後，七年匆匆已過。當年的小姑娘已出落得亭亭玉立，儼如絕色美人，可是在那秀麗的臉容上，總是帶著冷峻的神色，給人一種不可接近的感覺。在這數年間，靜月在上官宅的書房裡博覽群書，每遇不解的地方，上官學也會稍為指點，使靜月在漢學上已粗通大意。靜月日常跟連慧伶，鍾良景等人在一起，已漸漸能聽懂他們的語言，不再是昔日全然不解的模樣。然而，靜月仍是緊閉口唇，不發一言，平日只以打手勢來跟旁人溝通，別人均以為她是啞巴，是故習以為常。

靜月替上官學買物品後，正準備回去，當她經過畢打碼頭時，有一個喝得薰薰欲醉的洋人從旁走過，那洋人突然轉過身來，出言調戲。靜月不懂洋文，正欲離開時卻被那洋人輕薄。靜月氣得臉紅耳赤，舉手欲掌摑對方臉上，豈料那洋人伸手緊握著她的手腕，然後往其手背吻去。正當靜月想使用藏在懷裡的匕首來刺向對方要害時，突然有一人從後把洋人摔在地上，這一著大出站在一旁圍觀的華人的意料之外。

只見眼前站著一個少年，其膚色偏向古銅色，顯是長期在戶外被陽光照射著，神色間似飽歷風霜，流露著堅強不屈的眼神，穿著單薄破舊的衣服，儼如一個農民，此人正是林小當。在經過數月的漂泊後，他終於來到香港。這裡的氣候已不是萬里以外的婆羅洲般溫暖，此時踏入十二月，天氣寒冷，貨船上的其他船員也冷得要加穿外衣，林小當卻只穿了一件單薄的衣服，他每運起內功，讓氣息在身體內行走一遍便會散發著熱氣，臉色紅潤。

靜月眼見他全身邋遢，像是很久沒有洗澡般，不禁對其心生厭惡，那洋人突然被摔在一旁，怒不可遏，立時用那長滿毛的手臂緊箍在林小當的頸上，想把他活活的勒死。圍觀著的市民均驚呼，卻無一人站出來予以援手。靜月在冷眼旁觀，渾不當是一回事般。正當眾人以為林小當快要斷氣時，卻使他們瞪目結舌。林小當運起內勁，然後以手肘擊向那洋人的肚上。眾人只見那洋人突然按著肚子的倒在地上，臉上表情顯是疼痛得很。就在這個時候，兩名巡捕急趕而至，他們把那洋人扶到一旁坐下。片刻之後，巡捕走到林小當身前問話。

「剛才是你打那洋人嗎？」

林小當素來敢作敢為，對巡捕的話不加掩飾。

「沒錯，是我幹的，可是那洋人剛才對那女子……」

巡捕聽得他直認不諱，當即把其雙手綁著，然後拉走，林小當從他們的服色辨定是維持治安的官差，所以不加反抗，正當他想辯解時，兩位巡捕卻充耳不聞。林小當大感奇怪，於是示意站在一旁的靜月為他解釋，可是這姑娘卻是沉默不語，轉過身去。林小當見狀，忍不住對其破口大罵的，只得跟著兩位巡捕走。就在他們離開後，靜月繼續前行時卻發現地上有一封信件，她記得這是林小當在掙扎時丟失的，靜月正想交還給他，轉身一看卻已不見蹤影，只得暫時放在懷裡。

「靜月，你幹麼現在才回來的？剛才去哪玩了？下次要帶我一起去呢。」鍾良景笑著說。

靜月卻不予理睬，她已習慣聽見鍾良景在身旁胡說八道的，卻知此人是老實人，對她一片摯誠。

「靜月，你快來幫忙烹調今晚的飯菜，剛才老爺已回來了，夫人千叮萬囑晚餐要豐富，可不能出錯呢。」連惠伶著急的說。

上官堂是香港的華人非官守議員，執業大律師，他常年遊走於內地和香港間，為朝政出謀獻策，地位顯赫。

「爹，現在到處傳言朝廷跟日本開戰，不知是否屬實？」上官學說著。

「我看朝廷意思是要打的，畢竟辦洋務已有三十年，是時候要有所交代了，而且日本步步進迫，可不能放著不管。」

靜月在旁侍候，對上官堂的話倍加留神，心裡在盤算著。

這段時期，日本在明治維新後，國力漸強，野心勃勃的向外擴張。日本先在朝鮮建立勢力，然後覬覦昔日天朝大國的大清在東北的土地和利益，以作據點，目標直指全亞洲。

夜闌人靜，靜月在睡房中久久未睡，她在思量著上官堂剛才所說的話。深夜過後，靜月換上全身黑衣的裝束，然後悄悄走出房間，她先留神在附近有沒有其他侍婢經過，再確定並無他人後便急步而去。靜月提氣一跳便躍到上官堂在庭園後的書房門前。她小心翼翼的走近書房，在視察房裡沒有人後便開門進內，靜月燃點起火熠，然後凝神查找文件。她生怕事後被上官堂察覺，所以在翻閱每份文件後絕不偏離原來位置。

「怎麼沒有的？」

正當靜月著急時，突然聽到房門外正有人前來。她急把火熠吹熄，然後提氣一跳到書房的橫樑上。只見有一人點起燈火來，房間瞬間通明，這人正是上官堂。他看著手中的信件，神色間頗為凝重。靜月好奇上官堂在看甚麼這般費神，可是距離太遠不能看清楚，片刻過後，上官堂把信件燃燒，然後放在地壺裡。他人有三急的，於是急往茅廁去。靜月立刻躍到地面弄熄火，然後撿起信件一看，只見部分文字已燒成灰燼，卻仍看見數句令她為之一震的文字。

靜月急點起火熠把信件放回地壺裡燃燒，然後急步離開房間，避免被上官堂發現。破曉時分，靜月早早的走出上官宅，然後去發電報給一人。只見電報上顯示：

「大清在聯絡香港，若果跟日本開戰是否保持中立。」

在巡捕廳裡，正有一個青年被巡捕用鞭子抽得皮綻肉裂，淚水直流。

「媽的，我沒有摸那洋婦，只是從她身上借點銀兩花而已。」

「陳大開，今月是你第幾次造案了？竟敢向洋人動手？」

「老子我最近缺錢，只得問洋人借點來花。至於洋婦嘛，我才不看在眼裡呢。」

陳大開放聲笑著說。

林小當被關在旁邊的牢房裡，剛才被巡捕飽打了一頓。他本是出手救被洋人欺負的姑娘卻反被帶到這裡行刑，冤屈難舒。數天過後，因為巡捕在碼頭找到目擊者，在當天看見那洋人輕薄一位姑娘在先，林小當才出手制止。巡捕廳的洋人上司為免麻煩，加添華洋矛盾，於是把林小當釋放。林小當雖受刑罰，挨了巡捕的藤打，但只屬皮外傷。當他離開巡捕廳時，另外一位被拘留者也在同一天獲釋放，正是偷了洋人財物的陳大開。

「小兄弟，你也可以離開啦，恭喜恭喜！」

陳大開一邊笑著說，一邊伸出雙手來，想討點打賞。林小當不明其意圖，只覺眼前此人賊忒嘻嘻的，看之生厭，並不想理會他。陳大開討了個沒趣，也不以為然，正想邁步離去。

就在這個時候，林小當肚子發出雷動聲響，他已多天沒有吃過東西。他長途跋涉的乘坐貨船而來，然後被關在牢裡，當真是飢寒交迫。陳大開聽說林小當因打洋人而被拘留，不禁心生好感，於是上前招呼他到附近的食檔去。林小當被旁人察覺肚子直響，羞得臉紅耳赤，可是陳大開拉著他走，盛情難卻。他倆到食檔坐下後，陳大開替他點了一碗麪，林小當自小在城鎮長大，清楚在外面吃東西要付銀兩，他一摸懷裡卻掏了個空。陳大開看在眼裡，當即笑說由他請客，林小當於是狼吞虎嚥的吃著，片刻間把湯水喝清光。

「小兄弟，我叫陳大開，你呢。」

「我叫林小當，我早知你的名字了，是在牢中聽見的。」

「原來你知道了，其實我真的沒有摸洋妞呢，還不嫌一股騷味嗎？」

林小當聽著他笑聲說著，倒也覺得此人行事坦蕩，不轉彎抹角的。

「小當你是剛從內地來香港的嗎？」

「這個嘛，倒也不是……」

林小當不願跟人說起被騙到婆羅洲當華工的事，陳大開察覺他欲言又止的，當即說其他話題。

「小當你之後有甚麼打算？在香港生活可不容易呢。」

林小當聽得這句話，霎時間難以回答，他當時只想離開婆羅洲那處傷心地方，倒也沒有想過今後的打算。陳大開閱人無數，見林小當神情恍惚的，顯是初到香港未有工作，在混日子等待機會的模樣。陳大開見林小當人在異鄉，頗感同身受的，於是介紹他一份工作，一起在街道上拉人力車，載乘客到目的地。

「小當，我看你壯健得很，該是習慣當苦差了，別看輕我們當拉車的，碰運遇上闊綽客人的話，一天能賺數十文錢呢，只要你勤力的話總餓不死的。」

林小當初出茅廬，未有主意，他見陳大開一片熱誠的，該不會是在騙人，於是點頭答應。就是這樣，陳大開問相熟的老闆借來另一輛人力車，讓林小當來拉，每月要定時交租借費。陳大開讓他暫時住在家裡，可要交租金，還不忘說一句已減價了。林小當早出晚歸的，起初他還會迷路，給客人臭罵一頓，漸漸地已能辨認地方，載著客人穿過街巷，遊歷維多利亞港灣。偶爾會有洋人來乘坐林小當的車，他不懂洋文，不明意思，鬧出不少笑話來，把那些洋客人拉到老遠地方去，結果得聽一遍洋人的髒話。話雖如此，林小當也碰過豪爽的洋客人，該次的車費抵得上整個星期所賺的。這段日子，讓他漸漸了解香港這個華洋共處的地方。

這一天，正當林小當蹲在車子旁邊，吃著手中的包子時，突然有一位姑娘走到他身前，然後打手勢要坐其車到其他地方。林小當抬頭跟那姑娘朝面，立時氣往上衝，想臭罵一頓，只見眼前此人便是當天他為其抱不平而招來巡捕，對方卻轉過身去的那位姑娘，正是靜月。

「原來是你這小不點的，當天你幹麼不發一言的？害我被巡捕帶走，還要坐牢子了！」

靜月思索片刻才大致明白對方的意思，卻想不起甚麼時候見過對方。林小當見她沒有反應，不予理睬的，更增怒氣。

「難道你忘了？當天你在碼頭被洋鬼子摸了，是我把那醉漢摔在地上的。」

靜月聽得此話，依稀認得眼前的車夫正是當天在碼頭的小子。她性子高傲倔強，整天板起著臉，縱使別人有恩於己，也不會輕易謝過對方。林小當見她依然沒有反應，不禁有氣，當即轉過身去示意不接戴她。靜月正有急事要到電報局去發電報，可不能耽誤時間。她放眼四周，碰巧附近就只有眼前這位車夫，再找不到其他車夫了。靜月著急起來，把身上的銀兩全部拿出來了，可是林小當不賣帳，以作還以顏色。

「你以為有銀兩便了不起？我才不載你這小不點的！」

靜月十萬火急的，她急於通報消息，可是偏生這車夫在跟她過不去，拒絕接載。靜月對林小當怒目而視，然後急跑到電報局去。

數天之後，靜月從電報得知大清派袁世凱出兵助朝鮮平定內亂，而且還跟日本派到的軍隊作戰，日本有多位士兵傷亡。靜月得知消息後，深夜獨自流連在街巷。她拿著酒瓶的，喝得有幾分醉。過不多時，靜月走到一燈柱下嘔吐，猶帶著淚水而流。就在這個時候，附近傳來聲響。

「你這小不點的，要喝酒便回家喝，現在把地方弄髒了。」

靜月手扶在燈柱，視線望向旁邊，只見一位年青車夫正在用布抹著車子，其身前放了一桶水，正是林小當。

「要是再有人來對你不軌，我可不會再多管閒事的。」林小當一邊清潔車子，一邊大聲說著。

靜月雖喝得酩酊大醉，卻仍認出這位車夫來。她強自站定，然後直奔到林小當身前，手揪著其衣領，便欲掌摑他。林小當初時感到靜月帶著一股殺氣的走來，可是在近距離下，卻看見對方臉上帶著無限的傷心，神情哀怨的，其身上女子的氣息撲面傳來。林小當霎時間腦海一片空白，不知反應的，靜月伸手重重的打在他的臉上，淚眼盈盈的說著：

「八嘎！」（日語）

林小當還未回過神來。他平白的被打了一記耳光，在下意識間把對方推開。靜月伏在車子上，突然感到酒氣上湧嘔吐在車子裡。林小當見狀，只得叫苦連天。靜月醉得不醒人事的，竟伏在車子旁睡著。林小當大叫倒霉的，害他又要再把車子清潔一番。

此時明月當空，在月光映照下，靜月俏麗的臉容映入他的眼簾。那長長的眼睫毛和挺直的鼻樑，儼如美人的胚子。林小當長年在婆羅洲做苦工，身邊總是流著汗來採煤礦和種植農產物的男子。他不禁讚嘆這姑娘長得好看。可是想起平白的遭到巡捕拘留，再加上剛才挨了一記耳光，心裡便有所芥蒂。林小當不知道這位姑娘住在哪裡，總不成讓她睡在街上而招來別人注意。若果再遇上巡捕的話，難免被誤會成對這女子不軌，林小當不想再被帶到巡捕廳，他打定主意來，先把這位姑娘扶上車子裡，然後拉到陳大開的屋裡，讓這姑娘暫時歇著。

夜半時分，一輛人力車正穿過街道，往華人居住的貧民區。林小當載著靜月到那破舊的木屋裡。這個時候，陳大開還在外面拉著人力車來載客，他總說在這深夜時候能對乘客坐地起價，多賺數文錢。在家徒四壁的屋裡可沒有床鋪，林小當只得把靜月扶到蓆地上躺著，他獨個兒在門外坐著睡，連叫倒霉。此時寒風刺骨，林小當在屋外冷得發抖的，他始終不願踏入屋裡，不願孤男寡女共處一室而招人話柄。他運起從扎記上所學的內功，片刻過後便覺血氣在全身運走，身子發熱起來。林小當偶爾會想起屋裡那姑娘的嬌艷容貌，猛地記起師父想過練功時不能分心，否則會容易走火入魔。他不敢再多想，當即強自鎮定，心無雜念的修練內功，只覺全身經脈舒暢，如處身太虛。

清晨時候，天邊泛起曙光，林小當緩緩睜開眼睛來，感受著跟婆羅洲不一樣的天氣氣息。他已習慣早早的醒來，然後辛勞的工作，自來到香港以來，不用在煤礦採煤，這反而令他感到不自在。這個時候，靜月從屋裡走出來，她醒來後驚見自己身在別處，還擔心在醉酒後遭他人侵犯，待查看並沒有異樣後才舒一口氣。靜月素來喜愛潔淨，她看見身置殘破的木屋裡，地上布滿塵埃，只覺說不出的厭惡，當即走到屋外。

「你這小不點醒來啦，一個姑娘竟深夜在街上喝酒的，還真膽大呢。」

靜月從聲音傳來方向瞧去，只見有一人躺在屋外大樹的樹幹上，正是日前所見的車夫。她看見此人，不由得怒火中燒，於是提氣一跳，欲把這人擒下來。可是靜月昨晚醉倒，血氣不順，剛跳起便立時感到腹絞痛，倒在地上。林小當見狀，只得躍到樹下把她扶起，靜月推開他的手，然後獨自離開。林小當感到莫名其妙的，不知道這姑娘遭遇甚麼事了，卻似乎跟他有關。林小當上前走去，想送靜月回家，然而被對方那拒人於千里之外的態度所止。寒風吹在這嬌小姑娘的身上，就似陰霾彌漫著她。林小當只道她在鬧脾氣，不禁好笑。他摸著臉額，猶覺疼痛。

寒風吹過大地，街上的洋人均穿起棉襖上班，他們當中絕大部分都住在香港島的西式住宅區，少數更是家財萬貫，住在山頂上，俯視美麗的海港，他們以殖民管治者自居，相比之下華人的地位低微，只能居住在衛生條件較差的地方。只有絕少部分能獲得要職，被視作殖民政府跟當地華人溝通的橋樑。上官堂常年與廣東省官員聯絡，為清廷與香港殖民政府就有關民生及政見交換意見，從中得知不少機密消息。上官學子承父業，也考得大律師執照，輔助其父。靜月潛伏在上官宅，從他們對話間能得悉現今政局。上官學以為靜月好學，偶爾也會說起世界大事讓她聽，連惠伶看在眼裡，還擔心靜月會對少爺暗生情愫，徒增煩惱。鍾良景整天在靜月身邊胡說八道，卻始終難以逗得伊人一笑。

靜月自得知日本在朝鮮戰線失利後，整天失魂落魄的，她把收藏在床底多年的包袱打開，拿起其中一個綠色的風鈴來。靜月在想著當年把這物品送給她的那人，淚水簌簌而下，滴在那看著心碎的風鈴上。

「不知父親找到母親了嗎，還有在抽大煙嗎？」

林小當蹲在畢打碼頭旁邊，正在等待今天第一宗的生意。他在思量回汕頭尋覓其雙親，可是想及自己漂流在外地工作多年，還混成衣衫襤褸的模樣，實在說不過去。林小當打定主意要多賺一點積蓄才回去跟父母團聚，不讓他們擔心。這個時候，有一人來到其身旁，示意要到鄰街的酒館。這人頭帶著帽子，身披著黑色的大外套，臉上神色令人不寒而慄，年紀已有半百。林小當看了對方一眼後當即把目光移開，然後拉著車把這客人載到目的地。

「小兄弟，你看我這人可怕嗎？」那來客問著。

林小當突然被這一問，霎時間難以回答。

「我有多年沒來香港了，今次是來談生意的，還是小兄弟你好，自由自在的，不用為他人的生計而煩心。」

林小當聽著對方的話，還不知是甚麼用意，只得含糊回應。過不多時，他們便到達酒館門前，那乘客從褲袋間掏了一個大洋來付車費。林小當看著手中那銀幣，不禁呆了片刻，想不到對方竟這般闊綽。

「這是謝謝你聽了我這麼多話，不用客氣呢。」那乘客笑著說。

就在這個時候，突然有多人從酒館旁邊而出，各人拿著刀往那乘客身上砍去。林小當見狀，立時把那乘客推開，然後徒手把刀架開。他見這些人出手狠毒，每招也是想取人性命的，不禁有氣，於是使出擒拿手來，轉眼把各人的武器盡數打落。就在這個時候，其中一人掏出一把洋槍來，然後對那乘客連開數槍。林小當正背身制止其他的埋伏者，忽然聽得槍聲來，他急轉身一看，只見那乘客身中多槍，其衣服染滿血漬，當場身亡。林小當雖跟這乘客並沒有交情，可對方是坐著他的車子而來，在剛才言談間，這乘客還有說有笑的，而且給了他高昂的車費。林小當頓感愧疚，沒能好好的保護這乘客。霎時間，他滿腔怒火，無從發洩。正當林小當想把那些埋伏者痛揍一頓時，突然有一輛洋車駛過來，那些埋伏者紛紛站在車門前行禮。

「福爺，我們已把點子解決了。」

這個時候，車內傳來一把聲音。

「哼，這老不死的還敢跟我作對。」

林小當聽得這聲音後，身子不由得一震。他急瞧向車箱裡，只見在後座坐著一人。那輛洋車停泊片刻後便瞬即駛離現場，那些埋伏者在轉瞬間也撤退。過不多時便有巡捕抵達現場。

「這不是鄰街煙館的老闆嗎？怎會死在這裡的？」

那些巡捕在現場搜證及查問後，加上搜集得來的情報，很快得知是黑幫之間為利益而廝殺。巡捕廳不欲捲入江湖的紛爭，不再追查此案。林小當自案發那天後便一直神不守舍的，他難以解答心中的疑問。

「難道是我看錯了？為甚麼這樣相似的？」林小當輾轉反側，難以入睡。

此日清晨，陳大開拿著數塊乳豬肉回來，說是附近有一間新煙館開張，在燒香拜神，然後把乳豬肉分發給途人。林小當因父親吸食鴉片而在幼年被迫跟家人分離，流落萬里以外，故對鴉片痛恨萬分。他不願吃煙館派發的東西，獨自拉著人力車到街上等待生意。林小當走到大街時，看見有多人圍著一間煙館在領取乳豬肉。這個時候，有一個人站了出來跟大家談話。

只見這人剪去了辮子，把滿頭的頭髮打理的光滑。其上唇位置留著鬍子，身上穿著挺直的西裝，宛如一位巨富商賈。

「感謝各位街坊，福某今天在香港開設分店，以後還請多多支持！」

這姓福的老闆向大家抱拳行禮，笑容可掬的。

「你猜之前在酒館的命案是否他幹的？那煙館老闆剛死去不久，這姓福的便在這裡開煙館，太巧合吧？」

「這很難說，他們黑幫之間的事，連我們的洋人上司都不願管，我們還是在此湊熱鬧便行了。」在旁邊燈柱下的兩名巡捕閒聊著。

林小當倒不是事不關己的旁觀者，他看著那姓福的老闆，幾乎不相信自己的眼睛。

「他姓福？這可不對。」

林小當下意識間穿過人群，走在眾人前。那姓福的老闆見這年青人的衣服破舊，而且是拉著人力車的，還以為是來討吃的，於是親自給他一份大的，以籠絡民心。可是林小當並沒有接收，只沉默的盯著眼前這人。那姓福的老闆微感尷尬，於是把乳豬肉捧到林小當手裡。

「來，小兄弟不用客氣，儘管收下吧。」

「請問你姓福？」林小當緩緩的說著。

那老闆萬料不到這年青人有此一問，可是在眾目睽睽下卻不能不予回應。他微微一笑的，然後說著：

「沒錯，我姓福，全廣東乃至福建的最大煙館老闆福子田便是我！」

福子田說話雖不響，卻自有一股威嚴，而且眼神流露出令人震懾的目光。

林小當聽得這話後，霎時間難以理解。他把手中的乳豬肉放下，然後喃喃自語的拉著車離開。福子田見他神情恍惚的，還以為是來了一個渾人，便不再理會，繼續掛上笑容的把乳豬肉分給別人。

「福子田……福子田……」

林小當在街上反覆思量，心底的迷團難以解開。

「怎麼這人的外貌和聲音跟爹一模一樣的？」

轉眼便是春節，林小當已在香港適應下來。他人在異地，只能寄情工作，多賺點積蓄。

在街道上可見家家戶戶正在忙著準備過節的用品，好不熱鬧，林小當拉著車到石板街上行走，迎面看見一個女孩正手牽著一個身穿水兵服的孩童，就像姊姊照顧著弟弟般。其身後有一個老婆婆及兩個孩童緊隨著。

「這些人是親戚還是主僕關係？」

林小當歷經磨難，知道凡事不能只看表面，不禁在想著。就在他繼續前行時，卻見眼前正有一個姑娘在走著，正是靜月。林小當不願再跟這人碰面，只得低頭行著。可是靜月早瞧見了對方，不動聲色的走近他。

就在這個時候，在前方突然有一輛木頭車沿著陡斜的街道往下方急去，途人紛紛閃避。林小當正在街道的側旁，眼見那木頭車勢必撞向那婆婆和孩子們，他急提氣一跳，在數次起落後趕過那木頭車，把那婆婆和旁邊的兩個小孩拉到一旁，可是趕不及救在前面的那對姊弟了。就在千鈞一髮間，靜月飛身把那對姊弟推開，滾在一旁。她們險些被木頭車撞個正著，後果不堪設想。林小當急跑到她們身旁看著，幸好那孩童只是擦損了膝蓋，並沒有大礙。林小當轉身往靜月瞧去，卻見她摸著足腕位置，站不起來。林小當眼見對方是為救人而受傷，若果這刻對其置之不顧，未免沒有男子氣概。

「扭傷了嗎？」

靜月不理睬他，拐著的慢慢離去。

「你這樣不行，會加重傷勢的！」

林小當見這條街陡斜，讓這姑娘勉強走著的話，其腳的傷勢必會惡化。他急上前把車子拉到靜月身旁。

「你上車吧，別逞強了。」

靜月不願欠林小當人情，而且還在恨他，只充耳不聞的走著。林小當騷著頭皮，他從前除了跟母親之外，幾乎再沒有和其他女子相處過。眼見這女子在跟他鬥氣，只有束手無策。

林小當微一嘆氣，然後一個翻身便到靜月面前。

「得罪了！」

林小當突然伸手把靜月扶起，其身手迅速，乾淨俐落，轉瞬間便把這姑娘放在車子的座位上。靜月對這突然的變故，顯得手足無措，待回過神來時卻驚覺已身在對方的車子上。

「你坐穩了，不能亂動的啊！」

林小當不待她回應便拉著車走去，靜月想立時從車上走下來，苦於其足踝在剛才扭傷了，只得板著臉的讓這車夫拉著走。

「你應該是住在碼頭附近吧，我之前兩次遇見你這小不點的都在那裡。」

靜月沉默片刻，讓自己冷靜下來，然後只輕輕的說著。

「系」（日語）

林小當以為靜月在說廣東話中的「係」，他在香港拉人力車的這段期間，常聽得本地人的話，所以不以為然。他倆穿梭在街巷中，靜月看著街上的行人，一家大小的迎接春節，這家人團聚的情景倒令她一時感慨。林小當見她總是滿懷心事的樣子，微感奇怪。

「難道其他姑娘也是這樣的？女兒家的心事，我可不懂呢。」

他們沿著碼頭方向走著，遠眺可見英式的大鐘在街上，沿途可見西式的建築物，這裡所見的多是洋人，跟剛才在華人聚居地方的景況截然不同，仿如兩個社區。過不多時，靜月伸手輕拍林小當的肩膊，示意要下車。林小當感到詫異，他放眼四周盡是西式的洋樓大廈，跟這穿著唐裝的姑娘全然拉不上關係，可是靜月執意要下車。

「還未到你的家吧？你這小不點就坐好，別亂動了。」林小當轉過身來說著。

靜月卻按著扶手柄下車來，然後慢慢的走著。

「喂，你幹甚麼了？你迷路的話，我可不負責！」

靜月沒有回他的話，只是向著一座西式別苑走去。在寒風下，林小當看著她那嬌小的背影，弱不禁風的，就似在微微顫抖著。就在這個時候，一輛西式的洋車駛過，停泊在那西式別苑的門前。只見一位穿著西裝，戴上西洋眼鏡的公子從車裡走出，身旁站著一位穿著唐裝的男子。那位公子似乎發覺靜月受傷了，只見他脫下身上的西裝，然後披在靜月身上，身旁的男子似乎也很緊張的樣子。那位公子扶著靜月步入別苑，在林小當的視線裡消失。

「原來那小不點真的在這地方住的，看不出她挺多人關心的。」

寒風吹在林小當身上，他雙手抱緊胸前的，身子不禁一震。他強自打起精神，然後拉著車離開，繼續等待車客。上官學把靜月扶到客廳坐下後，然後伸手在其腳上檢查傷勢。靜月頗感不好意思的，羞得滿臉紅著。鍾良景見狀，不禁好笑。

「靜月你別緊張，少爺在外國留學時，可有學洋人的醫術，我之前受傷也給少爺醫治呢。」

「良景，你又多嘴了，快去書房拿我的藥箱來。」

鍾良景走進書房中，然後小心翼翼地把上官學的藥箱捧出來。靜月見上官學一臉關心的為她檢查傷勢。在上官學的手碰在她足上的肌膚時，靜月霎時間有怦然心動的感覺，卻害怕給對方發現。片刻過刻，上官學在靜月的足腕上紮上繃帶，以防那位置再受傷。

「這樣好點沒有？」上官學問著。

靜月聽著他那溫柔的聲線，臉上不禁一紅，只得輕輕點頭。上官學見她傷勢並無大礙，並沒有傷及筋骨，只需休息數天便可。鍾良景在知道靜月所受是輕傷後，舒一口氣的。

在這數天中，靜月只待在房間中閱讀著上官學在從前借給她的書，偶爾也會到大宅中的花園裡坐著，看著上官夫人所種植的花。上官學有時會經過花園，在走廊間遠遠看著靜月，待見她傷勢已有好轉後便離去，不會把對其關心說出來。這一天，正當靜月在花園澆水的時候，突然有一物品從外面飛擲到地上。靜月急抬頭一看，沒有發現有陌生人的蹤影。她把那物品撿起來看，發現是一張用紙捲成的紙團，只見內裡有一行文字，卻是用日文所寫的。靜月看著那紙團，霎時間所有興致煙消雲散。

夜半時候，在新開張的煙館裡正有一人步出，準備乘坐洋車離開。這個時候，突然有一個穿著全身黑衣，臉上蒙著黑布的刺客現身，揮刀向那人砍去。

那人被這突如其來的變故嚇著，急走到洋車後位置來抵擋。

「你是甚麼人？福某可沒有得罪你！」

這人正是煙館的老闆福子田。

那刺客不發一言的，挺刀向目標人物砍去。福子田久歷江湖，臨危不亂，他裝作驚慌的，然後走近車門位置。突然間，福子田急把車門打開來，那刺客終瞧出他的意圖，急向前砍去。福子田躲在車門後，就在那刺客把刀砍在車門上時，福子田急走到車內，示意司機快開車。那刺客不讓其離開，竟用刀柄打碎了門窗，然後挺刀砍向福子田。

就在這個時候，突然有一人揮掌向那刺客的頭上擊去，以迫對方撤手來抵抗這一擊。那刺客察覺有人突襲自己，於是急轉過身來，伸手抵擋敵人的攻擊。只聽得「啪」的一聲，兩掌相交，那刺客被對方的掌力所推開，連退數步。在洋車前的車燈照射下，那刺客瞧見對方的臉容，不禁驚訝。這人正是林小當。

自那天在煙館外看見福子田後，林小當心裡一直在疑惑著，於是今晚在附近等著他，以解心中的疑問，卻碰見刺客來行刺福子田。林小當經剛才的一掌後，已大概清楚這刺客的實力，他站在洋車前，以防對方再行刺福子田。那刺客見林小當來阻撓，實在棘手，於是挺刀向他身上連發虛招，好讓對方知難而退。可是林小當全沒撤退的意思，反而見招拆招。數招過後，林小當只覺對方武藝實在粗淺，在發招期間不是往他要害攻去，落點位置竟是顯然而見的，倒似胡亂使招般。林小當不禁好笑，於是以攻為守，迫對方撤刀。那刺客卻暗自嘆氣，只得打起精神來還招。林小當見對方的招數突然變得凌厲，險些被其刀砍中，他大感意外的，還以為對方剛才在誘敵，正當他倆交戰期間，福子田趁此機會下車逃去。那刺客見狀，急上前追去，可是林小當如影隨影的，就是不讓對方行刺福子田。那刺客見目標人物越走越遠的，不由得著急萬分。

「八嘎！」（日語）

那刺客不自覺的對林小當說著。

林小當還沒反應過來，他見福子田已離開此地，於是當即罷手，那刺客也同時撤刀。

林小當沒有空暇再查問刺客的來歷，他急使出輕功尋福子田去。那刺客目送他遠去後坐在地上，其自知剛才的交手使足上的舊患惡化，疼痛難當。林小當在街上奔馳著，轉瞬間便追上福子田。

「慢著，你別走！」林小當提氣叫著。

福子田忽聽得背後有人叫喊，不禁大驚失色，還以為是剛才的刺客窮追不捨的，於是奮力向前走。林小當見他越走越快的，於是提氣一跳，躍到對方面前。福子田見突然有人跳到面前的，當即住步，待看見是剛才來助他離去的年青人時，不禁舒一口氣。此時在街燈下，福子田才清楚瞧見林小當的臉，認得是日前在煙館外所見的車夫。

「原來是小兄弟你，我記得之前是見過你的。」

「是，我們早見過面的。」

「多虧小兄弟你剛才出手打發那刺客，來，這裡是小小意思，你不用客氣！」

福子田從口袋裡掏出五個大洋來，可是林小當沒有收下。

「我真是的，這區區五個大洋怎能來答謝小兄弟呢，你住在哪裡？明天我把一箱銀兩送給你！」

福子田以為林小當貪得無厭的，於是假裝問他住址，好讓對方滿意來放行，然後派人把他捉拿，賣到南洋當苦工。林小當依然不發一言的，雙目盯著對方的臉。福子田有點不耐煩了，他想拔足離去，可是猜不著眼前這人的來意，不知其是敵還是友。片刻過後，林小當打破沉默。

「你還有抽大煙嗎？」林小當緩緩的說著。

福子田萬料不到對方突然說出這句話，反應不過來。

「找到了娘沒有？煙館內的人還有來生事嗎？」林小當淚光盈盈的說著。

福子田聽得這兩句話後，老淚縱橫的，他還以為自己在做夢。

「兒子……小當是你？」

「我是小當……爹。」

福子田聽得這句話後，當即把林小當摟在懷裡喜極而泣。

「爹，你怎麼來了香港的？而且把名字改了？」

福子田待心神稍定，然後跟林小當坐在街燈下，緩緩的把這數年間的經歷說出。當年林福子本以為是把林小當送了到香港工作，他決心戒掉煙癮，不讓兒子失望，可是過不多時，林福子故態復萌，流連於煙館間，把積蓄花光還欠下巨債，他無力償還，只得乘夜偷偷地上了到香港的貨船。林福子到香港後不久，其煙癮發作而倒在街上，狀若瘋癲。幸好當時有一位洋人醫生經過附近，把他送到醫院治療。在住院期間，林福子每天也會煙癮發作，漸漸發作次數減少，直到最後沒有發作。林福子在住院期間百無聊賴的，他留意到一些華人醫生及護士能以洋文跟洋人溝通。林福子在好奇心下，於是請教他們說簡單的詞語，後來醫生帶他到當地教堂，跟神父學習。林福子自覺這輩子愧疚身邊的人，竟落得賣妻賣兒的下場，他跟神父懺悔，後來常到教堂裡學習，漸漸粗通洋文。林福子後來經同鄉介紹到廣州工作，他到達後才知是當煙館的買辦。

在此時期，英國大量輸入鴉片到廣州，使當地的煙館林立。林福子因粗通洋文，能跟洋人溝通，方便聯絡及檢驗貨物，所以得煙館老闆的賞識。林福子本不想再接觸鴉片，可是他沒有其他一技之長，只得以煙館的工作來謀生。林福子有感要重新做人，希望將來能憑努力來買田買地，為自己起了福子田的名字。

在數年間，福子田為壯大煙館而勞心勞力及出謀獻策的，應對同行競爭，累積了豐富的經驗。福子田後來野心漸大，早把教會的教義拋諸腦後，他不想再屈居他人之下，於是自立門戶，把煙館生意造得有聲有色的，近年更在汕頭及福建開設分館，成為當地首屈一指的煙商。

林小當自幼因為鴉片而歷經劫難，跟父母離別到萬里的海外當苦工，其三位師父更是因為鴉片而遭殺害。他對鴉片痛恨萬分，可是父親現在竟是煙館的老闆，實在難以接受。

「爹，難道你不知道這東西是害人的？你怎麼還要當起老闆，賣大煙給別人抽？」

林小當站了起來，不忿的說著。

「我這樣做是為了你娘還有你，難道你想再過三餐不飽的生活？我現在有財有勢，誰都不能再來欺負我們！」

「要是靠賣鴉片來害人賺錢的話，跟那些惡人有甚麼分別？」

「你拉著那破舊的車子能賺多少錢？你回來跟我一起生活吧！」

「我寧可餓死在街頭，也不會跟你一起賣鴉片的，娘親也不會想見到你這樣子！」

福子田聽得兒子這句話，急怒攻心的，於是重重的打了林小當一記耳光。

「你離開吧，待你想通後才來找我吧。」福子田轉過身去，一臉無奈的說著。

「爹，你好自為之吧。」

林小當看著他的背影片刻，然後轉身離去。

靜月連日來也窩在房間裡，連惠伶忍不住的推開她的房門。只見靜月躺在床裡，把棉被蓋在頭上。

「日上三竿了，還在睡著嗎？」

連惠伶一碰她的身子，只覺其身上發熱，搞不好是在發燒。於是找上官學來診斷。

「咦，你在發燒啊，怎麼腳上的傷更加紅腫的？」

上官學感到奇怪，只得把靜月抱到座駕裡，然後把她送到醫院去。醫生表示靜月感染風寒，要留在醫院裡觀察。上官學放心不下，只得留在病房裡守著。

夜半時候，靜月悠悠醒來，當她想起床時卻見上官學坐在床邊的椅子上睡著。靜月眼見這位身分高貴的少爺竟為她在奔波，而且留守在此，不禁感動。自靜月到上官宅當侍婢的數年間，他倆朝夕相對，上官學見靜月喜歡閱讀，每當有空便跟她講解書本上的內容。靜月雖不會說話，卻長得容貌絕色，她一雙水汪汪的眼睛，看起來楚楚動人的，似隱藏著千言萬語。上官學對她早生情愫，卻從沒有表現出來。上官學身為上官家的獨子，其父對他寄於厚望，在婚姻之事上，希望能找一位門當戶對，書香世家的姑娘。上官學清楚雙親不會接受靜月，所以只能把愛慕之意埋葬心裡。他自知對靜月的愛意越發加深，所以近年經常早出晚歸的工作，待娘親替她找到一門親事後便送上祝福。

翌日的早上，上官學要到法庭準備個案審訊。他見靜月已經退燒，稍覺放心後便離開醫院。他本想自己來駕駛到法庭，可是昨夜沒有好好的休息，而且還未吃早餐，只怕未能集中精神駕駛。他於是坐上在街道旁的人力車，好讓自己調整思緒。

「有勞你，去法院的。」

這車夫看著眼前的客人，只覺眼熟，好像甚麼時候見過，想起正是載那扭傷了腳的姑娘回家時見過的。林小當此時在近距離下，只覺這位公子氣度雍容，就似飽讀詩書的，而且面如冠玉，氣宇軒昂的。

「這公子的相貌倒跟那小不點活像一對璧人的。」林小當不禁想著。

「客官你是到法院工作的嗎？」

「是的。」

「那是大狀嗎？客官你真棒呢。」

「算是以前的大狀吧，那也沒甚麼的。」

林小當之前見他住在西式別苑，而且大清早去法院的，應該是身居要職的，所以忍不著問。

「那小不點又喝酒又打人的，想不到挺有眼光的。」林小當不禁想著。

靜月醒來後看見在旁邊有一份蘋果，她猜想是上官學所放的。靜月把蘋果捧在手裡，心裡感到溫暖，可是片刻過後，她把蘋果盡數丟棄了。

「我怎能在胡思亂想的？我這人注定是孤獨終老的。」靜月心裡想著。

春節過後，律師業界俱樂部打算舉辦一場慈善舞會，讓會員間彼此聯誼及為醫院籌募經費。上官學這年青才俊自然得到很多舞伴的介紹，可是被他一一拒絕了。上官學心裡只有一個人選，他只想跟那人在舞會上跳舞，其父上官堂問及是否已邀得舞會上的女伴時，上官學給予的答覆卻是自己不會出席，這倒令上官堂大感意外。

「少爺，你幹麼決定不參加那舞會的？我看老爺挺不高興了。」鍾良景笑著問。

「你又來多管閒事了，我只是不喜歡這種場合而已。」

「我看少爺你不是不喜歡，是不開口去邀請在我們家的那姑娘而已。我以前看過老爺跟夫人在練習跳那西洋舞，知道是要一男一女一起在跳的。」鍾良景說個不停的。

上官學不置可否的，他遠看著那關上了房門的房間，不知內裡的那姑娘腳上的傷是否已經痊癒。距離舞會還有三天時間，上官堂跟夫人在客廳上播放著西洋歌曲，練習著舞步。這讓鍾良景、連惠伶等人大開眼界的。上官學卻在書房裡看書，不再想著舞會的事。就在鍾良景幫忙把飯菜拿到靜月的房間時，卻把少爺不參加舞會的事告知靜月，還說少爺心中的人選便是她。靜月猜是因為自己腳上有傷，所以上官學不便開口邀請，她思緒起伏，不知是否應當上官學的舞伴。黃昏時分，上官學在書房中忽聽見有人在敲門，他上前把門打開，只見門前是一位容色秀麗的姑娘，正是靜月。上官學突然見到對方，心裡著實歡喜。靜月把一張手寫的字條遞給他，上官學微感意外，只見字條上寫著——

「我跟你去舞會，報答你之前送我到醫院。」

上官學喜形於色的，轉瞬間又回復平靜。

「你的腳傷已痊癒嗎？」

靜月輕輕的點頭，神色間彷如閉月羞花，嬌美無比。

上官學本想跟她保持距離的，當想及只是一場舞會，而且父母也會參與，便不再迴避，於是在書房裡跟靜月練習合跳西洋舞。上官學擔心靜月初學跳舞，容易再把腳扭傷，所以只慢慢教她簡單的數個舞步。當他倆需要手握手來完成動作時，靜月不禁臉紅，害羞起來。上官學看在眼裡，便想往她臉上一吻。轉念間，他提醒自己不能這樣，當即專心一致的。靜月見他神色間忽然有異，心神恍惚的，還以為是自己跳得不好，所以令對方為難。於是在緊張下，靜月連番踏中上官學的腳上，尷尬萬分。上官學見天色已晚，不便跟靜月孤男寡女的在書房裡，於是跟她說待明天再練習。靜月回到房間後，深怕自己跳得不好，令上官學在舞會上難堪。她於是獨自在練習舞步，直練至深夜時候。連惠伶見靜月沒有出來跟大家一起晚飯的，還以為她大病初癒已睡著了。

慈善舞會轉眼將至，上官堂跟夫人早早的到達會場。一眾律師、政客和記者見地位超然的上官堂駕臨，紛紛上前打招呼。可是有記者發現上官學並不在會場裡，於是跟上官堂問起原因。正當上官堂臉有難色時，有二人走進會場。

「各位朋友好，讓大家掛心了。」

在場的人不約而同的轉過身來，只見門前站著一對男女，男的穿著全身白色的西裝，丰神俊朗的，仿如少女心目中的白馬王子，正是上官學。女的秀麗絕俗，留著及肩的長髮，肌膚勝雪的，穿著白色的襯衫，粉紅色的長裙，美麗動人，跟上官學宛如天生一對，郎才女貌。上官堂見兒子突然出現，而且跟家中的侍婢在一起，不禁驚訝。上官學跟在場的朋友介紹身邊的舞伴，靜月只是微笑點頭的，更增嬌美。

「姑娘可以跟我跳一支舞嗎？」一位在場的律師上前問著。

靜月不知所措，呆在當場。這個時候，上官學手牽著她的手。

「不好意思，這位姑娘是我的貴賓，失陪了。」

上官學把那人打發後，向靜月做出紳士邀請對方的動作，微微的躬身，然後把右手放在左胸前。靜月笑著點頭，雙手輕輕拉著裙子的兩邊，這是上官學日前教她在舞會上的禮儀。隨著舞會在奏樂，上官學跟靜月相對站著。靜月既緊張又歡喜的，她不敢把視線望向上官學的臉。上官學不禁微笑，輕聲示意不要緊張。在上官學領著舞步下，靜月也慢慢跟著節奏，她不敢跳得快，以免錯了拍子而誤踏對方的腳。這時樂韻悠揚，在場的嘉賓也跟舞伴在跳舞，一副歌舞昇平的模樣。就在舞步的最後動作時，上官學把靜月拉到身前時，情不自禁的往她臉上一吻。靜月立時羞得滿臉紅著的，上官學暗罵自己放肆，太得意忘形了。

舞會完場後，上官堂夫婦，上官學及靜月共坐家中的洋車回家。沿途上，各人心有所想，默不作聲的。上官堂及夫人剛才見兒子親吻了靜月，他倆在擔心兒子是否喜歡了這家中的侍婢。兩人身分懸殊，而且靜月不會說話，上官堂難以接受她跟兒子在一起，只希望將來的媳婦能門當戶對，有助兒子的事業。回到別苑後，靜月在房間裡思前想後，輾轉反則的。她剛才被上官學突如其來的一吻，心裡著實歡喜，卻又擔心自己會愛上這位少爺。

接著數天，靜月均有意避開上官學，縱使兩人碰面，她也逃避對方的視線，形同陌人般，上官學看在眼裡，了然於胸。上官學其後要跟上官堂到廣東跟當地官員聯絡，就兩地華人的民生情況交換消息和意見。臨行前，上官學特意到靜月的房門外，打算親口告別及道歉，希望她不要再介懷在舞會上的事。上官學走到門前卻沒有敲門，他不想打擾靜月休息，於是轉身離開。靜月在房間裡看見有一影子在門外，猜想是上官學，卻見對方在片刻後便離去。靜月在晚上跟其他侍婢一起吃晚飯時才得知上官學會離家工作多天。她既感意外又覺煩惱。夜半時候，靜月手中拿著一枚綠色的風鈴，她看著窗外的月色，不禁輕嘆。

農歷正月十五，這一晚在街道上人流稀疏，家家戶戶都在元宵節跟親人一起吃晚飯。林小當雖跟父親相認，可是難以認同他現時的所作所為。看著在大街上冷冷清清沒有生意的，林小當把車子拉到畢打碼頭，希望能遇著來香港過節，需要接載的客人。正當他到達碼頭附近時，忽聽見在岸邊有女人的哭叫聲。林小當感到奇怪，隱約看見在前面正有兩名男子強行把多個婦女拉扯到船上。林小當疑雲大起，當即使出輕功從後追上。

「你們在幹甚麼的？」林小當喊叫著。

「大哥，求求你快救救我們！」

「這些人要把我們賣到其他地方，救救我們！」

船上婦女看見有人發現她們，紛紛呼喊求救，哭聲淒厲的。那兩名男子兇神惡煞的，一邊在掌摑反抗的婦女，一邊催趕船家開船，毫不理會眼前的年輕車夫。林小當見這些婦女似是被他們拐走的，立時想起自己幼時被賣到南洋的遭遇。他急提氣一縱，跳到船上去。那兩名惡漢突然看見他躍到船內，大感驚訝的。

「你們要把這些女子帶到哪裡去？」

「關你這傻小子甚麼事？別多管閒事！」

「你這乳臭未乾的小子來找死嗎？」

這兩名惡漢舉起拳頭往林小當身上招呼，林小當輕輕的避過，然後反手一掌把其中一人推倒，痛得站不起來。另外一人見狀，急把其中一個女童拉到身前。

「你敢亂動的話，我便把這女娃拋下海！」

林小當見被挾持的竟是一個女童，而且被嚇得淚流滿面的，船上其他婦女同時在驚呼。

林小當大怒，他提氣翻身一縱便到他們身後，那惡漢轉身一看，卻見對方伸手搭在他的臂上，立感劇痛，不由得把女童放下。林小當把這兩名男子綑綁，以防他們再施暴，然後喝令船家把船駛回岸邊。船上婦女紛紛道謝，可是她們臉帶憂色，眼泛淚光的。林小當見狀不禁疑雲大起，問起事情因由。

「我們也是被騙而簽了賣身契的。」

「那些壞人要把我們賣到南洋，聽說有的已經被賣到青樓，去服侍男人了。」

「我們是被他們拐走的，然後被帶到船上了。」

「大哥，我們現在無家可歸，不知怎樣是好。」

林小當看見船上婦女在大哭，激動萬分的。他江湖閱歷尚淺，突如其來的遇上這等棘手的事，霎時間手足無措。林小當想過找父親來幫忙，可是其非正道，所認識的都是三教九流之徒，無助於這些婦女，他又想及找陳大開來，卻不知對方現在哪裡拉車，來回頗費時間。林小當思前想後，最終想到法子，他先把那兩名男子趕走，然後到碼頭附近的一座西式別苑去。

「那小不點的朋友是大狀，該有辦法來處理吧。」

林小當叮囑船上的婦女不要離開，以免走失，在這華洋社區裡難以尋找。剛才被挾持的女童不願留在船上擔驚受怕的，在哭著鬧情緒，要跟林小當一起去。

「你這位小姑娘別哭了，我帶你一起去便是了，你叫甚麼名字？」

「我叫心宜，今年十歲。」

林小當只得帶著心宜一起到靜月的家。

「大哥哥你剛才怎能跳得這麼高的？那兩人壞得很，一路上在打罵我和其他姐姐呢。」

林小當見她長得瘦骨嶙峋的，手背上青瘀一塊的，顯是被虐待過，不禁痛心。

「老爺和少爺今年不在家裡跟我們過元宵了。」鍾良景一邊吃著飯菜一邊說著。

「聽說近月在本地有多宗拐賣婦女到廣州，再轉往其他地方的。老爺只得跟少爺北上跟當地官員商討對策。」連惠伶說著。

在十九世紀末，香港有大量婦女被誘騙或拐帶，她們大多被販賣到廣東及福建，有的則遠至南洋的馬六甲，有的更被賣到大西洋。這些婦女被迫做「妹仔」，成為奴僕來服侍主人，當中更有的被迫良為娼，被賣到妓院當妓女，痛不欲生。雖然社會上早有要求正視婦女被拐賣情況的聲音，可是香港殖民政府始終沒有實際解決這情況，只有當地華人成立民間組織，為被拐賣而無家可歸的婦女提供暫時的容身之所。可是在早期，這些民間組織因經費不足，物資短缺，而且用地空間有限，所以難以長期收留這些婦女，直至後來獲批用地成立慈善機構及得華人富商捐款以作營運經費，這些在危難中的婦女才得到保護。

「不好意思，在晚上打擾你們，我有急事想見你們家當大狀的那位公子。」

林小當和心宜在上官宅門外說著。

「啥？你們是甚麼人？幹麼在這時候找我們公子？」鍾良景兩手叉著腰的說著。

林小當不知該從哪裡說起，呆立當場的。鍾良景見他說不出理由來，以為是來借故乞討的，於是打發他們離開。心宜見眼前此人要把他倆趕走，而船上的所有大姊危在旦夕，她急得大哭起來。鍾良景見這小女孩突然在哭的，大感頭痛，只得找連惠伶來應付。

「小娃娃，發生甚麼事了？來，告訴給大姨。」連惠伶摸著心宜的頭說著。

「我和其他姊姊被壞人捉了……然後把我們帶到船上……說要賣給其他人……」心宜

哭著說。

連惠伶聽見她這樣說，不禁一驚，再問及林小當後才知他倆是來求救的，於是急走進屋裡把情況告知上官夫人。片刻過後，連惠伶回來帶他倆到客廳去。心宜手握著林小當的手走到別苑裡，只見眼前地方寬倘豪華，內裡的傢俬是前所未見的款式而且燈光通明，不禁緊張起來。過不多時，她看見在客廳的中央坐著一位臉色慈祥的女子。

「這位是我們家的夫人。」連惠伶說著。

林小當急示意心宜點頭，然後問好。

「聽惠伶說這小女孩是被惡人拐賣，可有這等事？」上官夫人問著。

「是的夫人，現在這些婦女在碼頭的船上。」林小當於是便把剛才所發生的事告知上官夫人。

鍾良景和連惠伶在旁聽著，心裡暗叫驚險。

「小妹妹，剛才他所說的是真的嗎？」上官夫人看著心宜雙眼說著。

「是真的，全賴有大哥哥在才把壞人趕走。」

「甚麼？剛才就只有你這位大哥哥便把那些壞蛋制服了？這可不簡單。」

「我剛才只是碰運而已，還請夫人出手幫助在船上無家可歸的女子。」

「若果是真的話，只怕剛才的人不會罷手，去而復返呢。」

上官夫人於是聯絡巡捕廳的長官告知情況，以派巡捕來保護，然後安排那些婦女暫時在上官宅歇息，以免在外感染風寒。林小當也覺這安排妥當，於是跟上官夫人謝過，然後到碼頭找回他的車子。就在他走出客廳時，卻見一女子正迎面走來，正是靜月。她見這車夫突然在上官宅出現的，不禁意外。他倆四目相投，卻沒有交流。這個時候，心宜從客廳跑出來，對林小當依依不捨的。

「心宜，你今晚便留在這裡吧，船上的大姐姐也會來跟你在一起，你便放心在這地方休息吧。」

「我便把心宜交給你們了，還請好好照顧她呢。」

林小當把心宜帶到靜月身旁，然後離去。靜月還未清楚事情，看著眼前的女孩，一臉迷茫的。

翌日清早，上官夫人聯絡她跟丈夫所給予捐款的一所社福機構，商討怎樣安置這些被拐賣的婦女。對方得知消息後，立刻跟進處理，把在家鄉有容身之所的婦女安排送返內地，與其親人團聚。至於無家可歸的則獲安排暫時的收容住所，一切的起居飲食，由該社福機構負責。這既可使這些婦女得到保護，也使她們的生活得到保障，避免因窮困而流落街上，因而再被歹徒販賣的情況。數天過後，就在林小當於碼頭附近等待客人時，突然有一人出現在他的面前。

「喂，拉車的，你今天下午有空到上環嗎？西華良局的負責人想約見你。」

林小當認得此人正是數天前在上官宅所見的家丁，正是鍾良景。

「找我？有甚麼事嗎？」

「好像是關於被拐賣婦女的事，總之你去便是，又不是我鍾良景要找你的，我還趕著去買菜呢。」

林小當見鍾良景提著籃子的，應該是趕著到市場去，於是也不跟他多說了。林小當聽得是跟心宜等被拐的婦女有關，於是啟程前往。

「大姐，請問西華良局在哪裡？」

林小當不知這所社福機構座落位置，只得問途人。他跟著指示走，半個時辰後才到達。他初到此地，不懂位置方向，而且要拉著車走到那陡斜的地面，大感勞累。他把車子安放在外面，然後跟員工通報姓名。一會兒後，一位美貌女子正從走廊前來，其笑容可掬的，給人一種親切感覺。林小當初時還以為這人是路經此地的少女。

「你好，我是這社福機構的職員，我叫劉雨，你可以叫我劉姑娘。」

「難道找我的便是你？」

「是。」

林小當大感意外。想不到對方便是約見他的人。

在林小當面前的是一位從事社會慈善工作多年的姑娘。劉雨善於跟別人溝通，積極參與社區工作，為處身貧寒的家庭謀福祉，解決基本生活所需。由於本地婦女被欺侮、拐帶及販賣的情況日趨惡化，很多年輕的女子甚至是女童被迫當「妹仔」或妓女，生活淒慘。劉雨及同工關注這情況，香港殖民政府打擊不力，並未能壓制情況發生，只得收留在當中獲救的婦女，暫時安置她們。然而，這些只是冰山一角，還有很多未能逃出生天。

「你好，林先生，我們今次約見你，是需要你的幫忙。」劉雨說著。

「找我幫忙？這是甚麼回事？」

「聽心宜說你武功很強，不消數招便把惡人制服了。」

就在劉雨說話間，突然有一個女童從內房走出來，拉著林小當的手，著實歡喜，正是心宜。林小當想不到會在這裡遇見她，不禁意外。當晚巡捕，把船上的婦女營救到上官宅暫宿後，在翌日便有西華良局的員工把她們帶到局裡，能聯絡上在香港或內地親友的，也得協助安送回家。至於無家可歸的則暫獲准容身在院所裡，心宜便是其中一人。心宜的雙親本想把她賣身到本地一戶人家裡當侍婢，豈知被人販所騙，準備賣到萬里以外的南洋，若非林小當及時出現，心宜已在汪洋大海上，後果不堪設想。

「我們想你能幫忙把其他被拐賣的婦女救出來。」劉雨說著。

「甚麼？我去救人？這怎麼行？」林小當大吃一驚的。

「是的，我相信你能幫上忙的」

「可是怎麼不找巡捕來救人，反把我找來呢？」

「巡捕的洋人長官不願觸碰這問題，所以情況持續，只能靠我們自發行動了。」

「可是我要怎樣做才對呢？」

「我們會告訴你從線報得知的其中一個販賣婦女的地方，你到那裡假裝要買侍婢，然後把那些被拐賣的婦女救出來。」

「這樣行嗎？而且我也有危險的。」

「這個便是我們找你的原因，我們相信你能把那些壞蛋制服。不過切記不要打草驚蛇，若被識破的話便會使他們有所防範，再難有機會了。」

林小當聽得劉雨這番話，實在大出意料之外。一時間難以決定。

「大哥哥，你這麼厲害，一定可以教訓那些壞人的！」心宜一臉天真爛漫的說著。

林小當看著她手上被打的傷痕，立刻便想起幼時被騙到婆羅洲的淒慘經歷，在當地能活著的不到一半人。而且每天都要當苦工。林小當實不願那些婦女和孩童有著跟他一樣被賣身到海外的遭遇，於是下定決心來。

「好，我答應你們。」

「謝謝你，我以後叫你當當，可以嗎？」

「甚麼？當當？」

「是吖，這樣叫起來更親切的，你有心事的話可以找我聊天啊。」劉雨笑著說。

林小當感覺眼前這姑娘精明聰慧，好像能看懂對方所想的。

傍晚時候，在西區的一間醫館裡，有一男子前來看病。

「大夫，我最近血氣方剛，常流鼻血呢。」

這大夫見眼前是一個年青人，不以為然的。

「大夫，有新進的藥嗎？要給我漂亮的啊。」

這大夫聽得這句話，心中了然。

「藥是有的，可不能吃太多，傷身的。」

「有請大夫讓我親自挑選藥材吧。」

那大夫見眼前這「病人」能說出所定的暗語來，以為對方是同伴或熟悉買家所介紹來的，於是帶領他到後門去，所見卻是通往前面一間破屋的秘道。那「病人」屏息凝神的留意著這裡的一切，待大夫打開破屋的鎖門後，立時能看見有眾多女子被綑縛在地上，旁邊有一名手持大刀的壯漢在守著。

「這些女子是從哪裡捉來的？」

「那還用說，當然是被騙來的，你要買誰？快挑選。」

「這些女子原來在甚麼地方的？」

「你問這些幹甚麼的？你到底買不買的？」

「買的。還有其他女子嗎？」

「你這小子問長問短的，不像是來買點子啊。」

「喂，你是甚麼人？來這裡是想救人嗎？」那手持刀的壯漢說著。

在他們眼前的「病人」正是林小當，他從劉雨口中得知探子所給的消息，然後裝神弄鬼的，竟騙得那「大夫」上當。林小當見對方已起疑，再難掩飾，於是上前把這些婦女鬆綁。

那壯漢立時阻止，揮刀向林小當身後砍去。林小當耳聽得背後有人來襲，於是急側身避開，使那壯漢把刀砍向地上。這些婦女已被關在這裡數天，不見天日，她們試過反抗來逃走，卻招來那壯漢虐打，還要時刻擔心被施暴。在這期間已有數名婦女被他人所買，不知去向。

「你們快離開這裡！」林小當轉身叫著。

這些婦女被綑綁多天，此時得鬆綁，其四肢也未能立時活動自如，大都感到麻痺，那壯漢和大夫見林小當竟是來救人的，只怕是有援手在附近，於是合力守著房門，不讓他人進出。林小當眼見他倆擋著門口，只得強攻，立時使出擒拿手向那大夫抓去。豈知對方竟使詐，突然從懷裡掏出蒙汗藥灑在林小當臉上，沾在其口裡。林小當還不知道中了此藥後會暈倒而失去知覺。那壯漢心存歹念的上前跟他動武，揮刀攻向其要害。林小當見對方勢猛，只得左閃右避的，然後伺機反攻過去，他越是使勁的，其血氣在體內走動得更快，令藥力迅速發作。林小當漸漸的感到頭暈眼眩，四肢無力的，他這時才驚覺自己中了對方的毒，不禁慌張。那些婦女見他神色有異的，只怕是受傷了，紛紛為其擔心。林小當身中蒙汗藥後，全仗著內力支撐才不致立時暈倒，可是已令他使不出氣力，幾欲倒下。那壯漢和大夫眼見不費吹灰之力便能把這人制服，忍不住捧腹大笑的。

「原來這人是初出茅廬的，連蒙汗藥也不懂。」

「憑你這臭小子也想來救人，真是不自量力的。」

「讓我來送你一程吧。」

那壯漢正要把刀向林小當身上砍去，立時把躲在一旁的婦女嚇得驚呼尖叫。正當他們以為林小當必然被砍中之際，卻驚見對方突然翻身一躍避開，然後揮拳打在那壯漢身上。林小當剛才不動聲色，便是要集中僅餘的意識和力量使出這一招散手來。他乘那壯漢痛得未能站起之際，急把房門打開。那大夫見他剛才出招時神威凜凜的，不敢上前阻撓。那些婦女立時湧到房門前，爭先恐後的離開。那壯漢見被捉的婦女四散東西的，急得怒吼連連。他立時奔出門外追截那些婦女，林小當想出手制止，已經全身乏力了，昏倒在地上。

「你們別走，快停下！」

那壯漢走出大街，把在前面的三個婦女硬生生的拖回去。街上途人見他當眾拐走婦女，卻只站著圍觀。

「求求你放過我吧！」其中一個婦女哭聲震天的。

正當那壯漢把她們拉走時，身後突然有人來施襲，只見那人飛身的踢向壯漢背上。那壯漢被踢得倒在地上，狼狽得很。他爬起來後回頭一看，只見眼前有一位身形嬌小，容貌俏麗的女子，再沒有其他人。那壯漢左看右望的在找施襲者。他見聚在一旁的圍觀者的神情古怪之極，目光也聚焦在這女子上。

「難道把我踢倒的竟是這妞？」那壯漢難以置信的。

這女子正是靜月，她剛才在市集買菜時路經附近，忽聽見有一把女聲在叫喊，於是走來一看，卻目睹那壯漢正強行把婦女拉走。靜月向躲在一角顫抖著的三名婦女揮手，示意她們離開。那壯漢欲上前捉回時，靜月走到他面前阻止。

「剛才踢我的便是你？」

靜月充耳不聞他的話，站著不動的，那壯漢見這女子長得美麗，猶勝所捉來的婦女，於是心念一動。

「你這妞長得不錯的，如果你肯跟我回去，我便放過那些女子。怎樣？」

正當那壯漢仰天放聲大笑之際，突然感到腹中劇痛，只見是眼前的女子迅速上前以膝蓋所擊。這一下子，那壯漢終於知道這女子並不簡單。他急提起在地上的刀，猛向靜月身上砍去。在一旁的圍觀者見他面目猙獰，雙眼通紅的，如野獸在發狂般恐怖，紛紛後退避開。

就在那壯漢提刀奔到眼前之時，靜月突然轉過身去，背向著他，然後雙手捉緊他的手腕，再拉到自己的肩上，借對方猛衝之勢而向前一拉，把那壯漢整個人的摔在前面的地上。靜月這一招在方位、力度，時間上都拿捏得十分準確，駕輕就熟的。那壯漢被摔得鼻血直流，全身疼痛難當。他驚魂未定，難以置信的看著靜月，似乎是發現一件令人毛骨悚然的事情。那壯漢在剛才被捉緊之際，突然感到對方身上有一股殺氣，令人喘不過氣來。他看著眼前這女子，只見在對方的臉上，忽然流露著冷峻的目光，卻是稍縱即逝。那壯漢自知不是這女子的對手，咬牙切齒的離開，走的時候連叫倒霉。

在一旁的圍觀者見沒事可看後便四散離開，靜月欲轉身而去時，突然有一女子走在她身前。靜月認得是剛才被那壯漢所捉拿的其中一個女子。

「大姊，謝謝你救了我！剛才還有其他人來救我們，可是被那惡人所傷，倒在前面的破屋裡，不知是生是死，現在屋裡還有另外一個壞人。大姊你可以救救他嗎？」那女子著急的說。

靜月不想再多管閒事，可是那女子急得拉著她的手臂而行，只得跟著前去。靜月走到屋前時提神貫注的戒備，以防屋裡有他人埋伏。當她走進去後，只見其中一人倒在地上，沒有其他人在內。剛才的大夫見所有被捉回來的女子跑出屋外逃走，他心驚事敗而遭他人發現在犯案，於是急著離開這裡到遠處地方躲藏。靜月走到那躺在地上的男子身旁，然後一探其氣息。就在這個時候，她瞧見對方的面容，竟是那年輕的車夫，不禁驚怒交集的。靜月察覺對方尚有呼吸，只是暈倒了。她從懷裡掏出一把匕首來，準備往林小當身上插去。正當靜月把手舉起之際，她想起在之前自己的腳受傷時，是得眼前這車夫送其回到上官宅。靜月不禁抱頭輕嘆，緩緩的把手放下。前塵往事剎那間紛紛湧在心頭……

靜月本是在日本的薩摩藩裡生活，在她出生之前，日本經歷了在西洋列強的炮火下，國民跟洋人開戰，征夷大將軍無力應對內憂外患，最終還政天皇。在明治維新下，日本國內加強軍備，積極訓練士兵，把目標放在大清東北的土地上。靜月的父親本是武士，因在平亂期間有功，得以成為大臣的親信。靜月的父親因長年在京都和外國間，所以把女兒交給好友來照顧，成為其義父。靜月的義父是日本的武術高手，從事密探的工作，為日本政府收集各地的情報，其組織遍布全國，甚至派屬下到大清及朝鮮進行秘密的間諜工作。靜月從小被義父迫著習武，要把她訓練成出色的間諜，不能隨意表達個人的情感，要絕對服從上司的命令，為天皇效忠。靜月在十六歲時被送到香港，在這四通八達的地方裡搜集關於殖民政府的動向及本地民生情況的消息，而且隨時要聽命組織辦事。日本政府想得知英人在香港的舉動，以探知其虛實，為日後進攻作準備，目標直至大清至香港，再遠至東南亞，野心勃勃的。

靜月初到香港之時，因不懂當地語言，而且生怕被他人知悉其日本人的身分，所以她扮作成一個啞巴，從不跟別人說話。其後在因緣際會下，她得以在上官宅工作及生活，漸漸學懂這裡的方言。在上官學悉心的教導下，她已能閱讀漢字及粗通西洋國家的歷史和地理文化。靜月雖跟上官學日夕相對，可是她自小被訓練成為把個人情感深藏心底的間諜，所以始終跟這位少爺保持距離，免得誤踏情網。

日本其後籍協助朝鮮王室平亂之名，大舉派兵到朝鮮妄圖伺機控制當地。靜月一位從小一起訓練，青梅竹馬的一位師兄被派到朝鮮戰場，跟大清所派遣當地的袁世凱軍隊作戰，被炮火擊中而陣亡。就在戰事開始前，靜月從上官堂父子對話中得知大清出兵朝鮮的消息，於是想發電報給其義父，要求對方下令撤兵，偏巧在當天被林小當阻擋她的去路，以致錯失通報的時機。靜月得知日軍戰敗的消息後，幾欲暈倒。她看著師兄從前所送的風鈴，傷心不已。其後，靜月在腳傷期間收到組織的指示，要她暗殺在香港開張煙館的福子田。靜月雖不清楚組織為甚麼要殺此人，可是她不可違背指令，只得在夜間下手，偏巧又被林小當來阻止，使腳上所傷加深，結果被上官學送到醫院治療。因此，靜月對林小當加倍痛恨，只覺對方三番四次的出現在眼前，厭惡之極。

就在這個時候，剛才帶靜月到這破屋的女子在門前伸長脖子一探，她生怕那大夫仍然在內，所以遲遲不願進去的，待發現屋裡並無動靜後，於是張望內裡情況，卻見靜月呆在一旁的。

「大姊，那惡人走了嗎？」

靜月忽然聽得那女子在跟她說話，於是收拾心情，悄悄的把匕首放回懷裡。她向那女子點頭，示意並沒有其他人在內。那女子鼓起膽子的走進來，想起之前被綑綁在此地，心有餘悸的。

「大姊，這位大哥傷得嚴重嗎？怎麼還未醒來的？」那女子說著。

靜月過去曾替組織捉拿目標人物，也使藥來迷暈對方，所以自然知道林小當是中了迷藥，至於他甚麼時候才醒來倒要知道使藥者所用的份量。

「大姊，我們要請大夫給他醫治嗎？我身上的銀兩也被那惡人搶走了。」那女子看著空空如也的錢袋。

靜月不想理會這兩人，而且林小當是否醒來對她來說也不重要，只是不想欠這車夫的人情，待給他醫治後便無拖無欠，待那時就把他解決掉。正當那女子六神無主的時候，只見靜月從懷中掏出一小瓶藥油來，她把瓶蓋打開後一股刺鼻的氣味撲面而來，然後放在林小當鼻前，不消片刻他便悠悠轉醒。那女子看著大感神奇的。

「大姊，他醒來啦，你的藥真厲害呢！」

靜月臉上沒有半點高興之意，在冷眼旁觀的。

「我怎麼暈倒了？剛才那兩個壞人呢？」林小當一臉迷惘的。

「是這位大姊把那壞人打跑的，她的武功真厲害呢。」

那女子挽著靜月的手臂說著。

林小當見眼前之人竟是靜月，頗感意外的。

「是你這小不點？你的腳傷好了嗎？」

靜月板著臉的，不予理睬。

「甚麼？原來你們是認識的。對了，我還未自我介紹，我叫鐵茶，你們可以叫我小茶。」

「這麼巧的，我叫小當，林小當。」

「那大姊你呢？」

「對了，我們見過多次面，我還未知道小不點的名字呢。」

「甚麼？你真是的，這有點過份呢。」

他倆有說有笑的，然後一起看著靜月。

「我……靜……月」

靜月緩緩的把自己在上官宅所起的名字說出來。她生怕自己讀不好這句廣東話，害羞得臉上紅著。這還是她第一次在香港正式跟別人說話。

「我怎麼會跟這兩人說話的？」靜月暗罵自己失寸。

「大姊，你的名字真好聽呢。」

「我看還是叫你小不點比較順口呢。」

「林大哥，你怎麼會知我和其他人被拐帶在這裡的？」鐵茶說著。

林小當於是把受西華良局的姑娘所託，前來把人販所拐賣的婦女救出來的事告知她們，豈料反被人販所迷暈了。

「我真是太不小心了，還要你們來幫忙呢。」林小當尷尬的說。

「不是呢，多虧大哥你，其他女子才能逃脫的。」鐵茶說著。

「小茶你言重了，我也沒做了甚麼。小不點你竟能把那使刀的壯漢打退，這人力氣挺大的，你還真有點本事呢。」

「是的，靜月姐姐的武功真棒，剛才把那壞人重重的摔在地上呢。」

靜月被他倆所讚，頗感不好意思的。

「對了，我現在要跟劉姑娘交代一聲，說這裡的婦女已逃脫了。」

「林大哥，我也跟你一起去，反正我沒其他事幹。」

林小當心想有鐵茶結伴同行，更能向劉雨表達實際情況，而且好讓鐵茶有容身之所。

「靜月姐，你也跟我們一起去吧。」

靜月不想跟他倆同行，正欲離開時，卻被鐵茶挽著手的。

「只有我跟林大哥一起去，我會害羞的，靜月姐，你幫幫我吧。」鐵茶在靜月耳邊輕說著。

靜月見鐵茶滿臉期盼，而且被她挽著手臂，只得無奈地同去。他們三人結伴到西華良局去，沿途上，林小當偶爾主動跟靜月說話，對方卻是不理睬。鐵茶見場面尷尬，於是聊起別的東西。

「靜月姐不跟林大哥說話，難道是在替我製造機會，讓我倆多聊天？」鐵茶想著。

他們穿過大街，走過那陡斜的路。在途中，鐵茶感到疲累只得停下來歇息。

「如果我今天有拉車子來便好，可以載你們，不用走著。」林小當笑著說。

靜月不置可否的，側身站著。鐵茶卻挺不好意思的，眼見他倆依然穩步向前走，自己卻表現出疲累，只恐讓林小當輕視，於是繼續前進。靜月看著不禁暗笑。

過一會兒後，他們終於到達西華良局，在跟職員溝通後，劉雨在片刻後便出來。

「當當，真是謝謝你，我是看好你能做到的。」劉雨說著。

「其實今次不是我一人的功勞，還有小不點的幫忙呢。」林小當望著靜月說。

劉雨看著靜月，想不到這俏麗姑娘有這等本事。

「妹子你長得真美，謝謝你幫了我們呢。」

「可是那些女子四散走了，也不知道是否安全了。」林小當說著。

「你和這位妹子可以幫忙尋找嗎？如果是無家可歸者便帶到這裡吧，我們能幫多少便多少吧。而且在外面被拐賣的女子遠不止這些，今後還要努力呢。」

林小當聽著劉雨的話，感覺對方是對社會有熱誠，真心為那些被欺負者設想，所以願意繼續出一份力。靜月沒有答應，只是在旁聽著的，心裡在另想其他事。鐵茶當即表示要一起參與，可以辨認那些逃脫的婦女。林小當跟劉雨說起鐵茶也是無依無靠的，對方當即為其安排住宿。

夜半時候，靜月仍不入睡，她看著窗外的夜色，只覺今晚的月亮比往日的更明亮好看。靜月多年來都是秘密的替組織辦事，從沒有因為做了一件好事而得到別人的稱讚。這一刻她似乎感到自己是有意識的活著，不是只聽他人旨意辦事的一件工具。她心裡感到一絲的快樂，踏實，臉上掛著難得的笑意。靜月清楚這只是一剎那間的，只要收到組織的指示，她隨時隨地也要埋沒自我，甚至是化作惡魔，不由自己作主。靜月看著那明亮的月光，只想這一刻的時間停頓，能讓自己好好的呼吸著。

林小當相約鐵茶在翌日中午過後在畢打碼頭集合，好讓他能在早上的大眾上班時間拉著車來載客，多賺一點積蓄。而靜月本著昨天內心感到一點充實，所以不拒抗鐵茶的邀請。在相約時間前，鐵茶便早早到達，待看見林小當到來時，她揮手笑著的打招呼。

「林大哥，今天還要你多照顧小妹了。」

「別客氣，那小不點呢？還不見她的。」

「靜月姐答應我會到的，我們再多等一會兒吧。」

一會兒後，靜月走到碼頭的欄板前，側身站著的。她除了在孩童時跟師兄一起玩耍外，在往後的日子裡一直是形單隻形，秘密行動的，從沒有跟他人結伴同行，不禁緊張。鐵茶在遠處發現她到來，當即熱情的上前摟著她。

「靜月姐你來了真好。如果只有我跟林大哥的話，我會害羞得說不出話來的。」鐵茶輕聲說著。

林小當見靜月也到了，於是一起前往附近的大街小巷，看看有沒有逃脫的婦女流連在街頭。鐵茶見他倆沒有對話的，於是主動製造話題。

「靜月姐，你平時有甚麼嗜好的？」

「嗜好？是甚麼？」靜月不解的。

「即是你喜歡做甚麼，我的嗜好便是看大戲，小的時候，常跟爹娘到戲棚看呢。」

「她的嗜好是喝酒，還喝得大醉呢。」林小當突然說著。

靜月聽見這句話後，立時憶起之前因傷心她的師兄的離逝，所以喝了很多的酒，碰巧被林小當遇著。她微感尷尬，只得當作聽不見的。

「真的嗎？靜月姐怎會喝這麼多酒的？是林大哥惹怒了你嗎？」

「是。」靜月冷冷的說著。

「林大哥，你這可不對了，難怪靜月姐對你不滿了。」

「算了，好男不與女鬥，今天我便認栽了。」林小當裝作嘆氣。

「林大哥當然是好男子，我是知道的。」鐵茶笑著說。

他們走過附近大街，看見不少男子穿著西式衣服，還把華人在近二百多年來結髮留辮的習慣改了，換成跟洋人般把頭髮剪短了。林小當摸著自己的辮子，不禁感慨。

「小不點，你那位當大狀的朋友還好嗎？最近早上可不見他上班呢。」

「原來靜月姐有當大狀的朋友，很棒呢。」

「是吖，那是一位長得俊美，談吐斯文的公子，我還曾經載他到法院呢。」

「他是靜月姐的對象嗎？可真是郎才女貌呢。」

「這可說不準，我猜那公子未必看上小不點呢。」

靜月聽得他倆這般說，自然想起上官學來。她內心總是逃避對這位少爺的感覺，只怕有一天會真的發現自己愛上對方。每當想起自己的腳受傷時，對方為她包紮時那情深款款的眼神，心裡著實感動。然而，她寧可維持現狀，可以在遠處的看著這位少爺，自己的身份注定大家是不能在一起。她只得永遠深藏自己的感情，準備隨時接受組織的任務。

「不知他現在怎樣呢。」靜月想著。

林小當見她忽然似有心事的，便不再笑話她。鐵茶提議到後巷的風月樓查看，因為據之前把她綑綁的那惡人說，有的是被拐賣在這妓院裡。林小當覺得辦法可行，可是他從沒想過到妓院去，不禁尷尬的。

「林大哥，我們是為了救人才去這地方，不要難為情呢。」鐵茶理直氣壯的說著。

靜月聽得他倆說要到妓院的，立時臉紅耳赤的。

「你們去……我不去。」

「那靜月姐你替我們把風，如果真的有人阻撓，你便接應我們吧。」

靜月聽得鐵茶不需她同到妓院，當即點頭答應。

林小當把自己的外衣和帽子讓鐵茶穿上後，他倆一起走入妓院，只見人流不算多，僅有一半的桌子是有客人的，這可能還是白天的關係。

「兩位大爺這麼陌生的，是第一次來喝花酒嗎？」

一名化了淡妝，嘴唇紅潤的中年女子迎面而來。

林小當不知要說甚麼，呆立當場。鐵茶卻大感興奮，她因是女子，所以不會主動來這煙花之地，現在扮作男子，終於有機會見識這傳聞中的地方。

「是的，我和這位兄台是來喝花酒的，可有最近新來的姑娘嗎？」鐵茶淘氣的說。

「當然有啦，我們最近新到了多位姑娘，這位俊俏公子看來是識花之人呢。」

「如花似玉的姑娘，本公子最喜歡的。」

林小當聽得鐵茶這樣說，心裡暗罵她胡鬧。

片刻過後，只見有兩位年輕女子走出來迎接，她們雖算不上婀娜多姿，可也有幾分姿色，笑語盈盈的分坐在林小當和鐵茶身旁。

「大爺，你第一次來吧，我叫翠翠，不用緊張，待會兒保證你快活得很，不捨得走呢。」

林小當只覺身旁這女子說話輕柔軟語，身上散發出淡淡的香氣。他從來沒有感受過溫柔鄉的滋味，當刻心跳加速的，腹中就如有一股熱氣上升。鐵茶見他魂飛天外的，不禁好笑。她仔細看著這兩位嬌艷嫵媚的女子，卻不是當中被拐賣的女子。鐵茶咳嗽兩聲，然後跟林小當搖頭示意不對。林小當猛然醒覺是來救人，剛才的窘態給鐵茶看見，不禁暗罵自己放肆。

「還有其他新來的姑娘嗎？本公子可是很挑剔的！」

鐵茶在模仿被困破屋時，來挑選侍婢的買家說話神情。林小當在旁看著不禁佩服，幸虧帶了鐵茶同來。轉眼間，他倆眼前來了兩位少女，神情楚楚可憐，雙眼通紅，猶似帶淚。

「還不跟客人倒酒！」那中年女子說著。

「是……大爺……請喝酒……」

這位少女緊張得把酒濺在林小當身上。鐵茶仔細一看，頓時認得是當天同被拐帶在破屋裡的其中一人，鐵茶立時跟林小當交換了眼神，示意找到目標了。

「我們就要這兩位姑娘便行了，其他就不要了。」鐵茶裝作滿意的說著。

待那中年女子離開後，鐵茶急不及待的跟這兩位少女相認。

「原來你們在這裡，我剛才還擔心白來一趟呢。」

鐵茶伸手握著她們的手背。兩位少女突然的被眼前的客人觸碰，表現吃驚的。

「是我吖，還記得我嗎？」鐵茶把帽子脫下。

兩位少女立時認出鐵茶，大感錯愕。

「你怎會在這裡的？還裝模作樣的，剛才還認不出你呢。」

「我們是來救你們的。」

鐵茶把食指放在嘴巴前，示意不要讓他人發覺。

「還有其他被拐賣的女子在這裡嗎？」林小當輕聲問著。

「有一位姐姐正在偏房服侍客人呢，其中一人兇神惡煞的，像在談要緊的事。」

「我去看看吧，待有機會便把那女子救走。」

林小當只覺這妓院的燈火昏暗，給人一種神秘的感覺。在經過走廊時，在旁邊的女子跟他擠眉弄眼，他假意路過，凝神留意著房裡情況。就在這個時候，他看見其中一人的面貌後大感意外的。

「福兄，你猜對方是甚麼人？竟敢把我們的人打傷，還把捉到手的女人全放了！」

「這我也猜不透，竟敢動我福子田的東西，可真沒有多少人有此能耐。」

林小當聽得對方的說話，心下再沒懷疑。對方正是他的父親福子田。

「我們花了這麼多功夫把你們捉來，去賣給一戶好人家的，也不虧待你們。幹麼要逃走呢？」福子田抓著身旁少女的臉蛋說。

那少女嚇得不敢作聲，只在哭泣。

「你看，好好的一個姑娘哭成這樣子，只怕賣不得好價錢。」

「我看還是留在這裡幫客人灌酒吧，說不定被看上了給帶回去當妾侍。」福子田的友人說著。

「我本來打算把她們給大島先生挑選的，怎料全跑了！」

「那些日本鬼子囂張得很，福兄你怎麼跟他們有交往的？」

「跟你說也不打緊，日本鬼子早前聯絡我，對方想我答應賣他們在其他地方進口的大煙，可是我跟英吉利人合作多年，所以拒絕了。不過我最近又覺得可行，給客人多一個選擇，財路更大呢。」

「福兄最近大展鴻圖，妓院、煙館又辦得風生水起的，小弟佩服得很。」

「多賺一點銀兩也不壞呢。」

他倆有說有笑的，不再理會身旁的妓女。

林小當在門外聽著他們的對話，感到強烈的憤怒。他從沒有想過其父親變成這樣子，竟然做了拐賣婦女的勾當，肆意的踐踏這些女子的尊嚴和命運，而且還要當作禮物送給日本人。林小當雖知道福子田辦煙館，卻從沒想過對方竟跟洋人和日本人合作，把鴉片賣給同胞，荼毒國人身心。想到容不下、貢雷、白一筆寧死不屈，黃虎甘願放棄所有利益也不讓日本鬼子輸入鴉片到大清。林小當霎時間難以接受這殘酷事實，揮拳在牆上打去。這一著立時令福子田等人發覺。

「是甚麼人？敢偷聽我們說話，膽子不小呢！」

福子田和另一人同時走到門外一看，只見一名「嫖客」背身站在門外。

「喂，小子，你是哪一路的？」福子田跟眼前這人朝相後，大感意外。

「是小當？」福子田驚問。

林小當不予回應，滿臉鄙夷之色。

「剛才的說話，你全聽了？」

「福兒，你認識這人？」

「他是我的兒子。」

「原來是福兒的兒子，那可放心了。」

林小當聽著他們的話，再也按耐不住。

「我不是你的兒子，我爹叫林福子，已在多年前去世了！」

福子田聽得他這般說，只覺滿不是味兒。

「你還在生氣嗎？」

「你幹麼要做這等傷天害理的事？還要討好日本人？」

「你懂甚麼？我不幹的話其他人也會爭著幹，除非我是傻的才會讓給別人。」

林小當見福子田不可理喻的，不願再跟他說話，於是上前把房裡的女子帶走。

「喂，你幹甚麼的？」福子田怒著。

林小當不予理會，急拉著那女子走，然後交給鐵茶。

「原來是你，還認得我嗎？」鐵茶跟對方說著。

那女子凝視對方片刻後也認得鐵茶。

「我們快離開這裡！」林小當一臉凝重的說著。

妓院的護院見他強行把三位妓女帶走，紛紛上前追趕。靜月正在妓院外等著，突然看見林小當和鐵茶急奔而出，而且身後有女子跟隨著。正當她以為大功告成時，卻見妓院裡有多位護院追趕著他們。

「你們先走！」

林小當大聲跟鐵茶等人說，然後轉身阻擋護院。他使出散手先把眼前兩人擋著，不讓對方接近鐵茶和那三名女子。一名手持木棍的護院從後向林小當擊去，把鐵茶嚇得驚呼著。正當那護院以為得手之際，那知林小當仿似能看見背後的，側身避開這一擊，然後以擒拿手把木棍奪去，還擊對方。這些護院見敵人身有武功，難以應付，於是急招集在附近的黑幫分子來。一會兒後，十多名手持木棍的江湖人士奔來，對著林小當等人指罵。

「甚麼人？敢在這地方生事？」

「竟敢來風月樓搶人，你這臭小子找死嗎？」

鐵茶和三名女子見這些人窮凶極惡，驚得雙腳發抖的。這些江湖人士不待林小當答話，立時便上前拉走那三名女子，就連鐵茶也不放過。林小當同時應付護院及江湖人士的夾擊，獨力難支。正當那些江湖人士把鐵茶等人拉走時，福子田及他的友人走到眾人面前。在這些江湖人士當中，立時有人認出福子田是煙館的老闆，財雄勢大，就連洋人都忌他三分。

「福爺，你老人家好！」

其中一名江湖人士上前問好。

福子田見他們在合圍著林小當，眼見兒子寡不敵眾，岌岌可危，於是跟剛才那人揮手。

「我看就放過他們吧，別弄出人命。」

「可是他們擅自把風月樓的人帶走了。」

「那幾個女子就當我買下吧。」

「福爺，就依你意思辦吧。」

只見那人跟同門示意放人，不再捉拿林小當等人。鐵茶和三名女子驚魂未定，還未回過神來。

「你倒不如讓我被打死吧！怎麼要救我。」林小當伏在地上跟福子田說。

「就算你恨我，我們始終是父子。」

「我想念以前無論日子過得怎樣艱辛，也不做壞事的爹。」

「我以前因為不做壞事，所以窮得要把妻兒賣了，你娘不是離家出走，而是被債主賣到妓院折磨而死！」

林小當聽見福子田這句話，只覺晴天霹靂，傷心得幾欲暈倒。福子田看著他片刻，然後頭也不回的離去。

林小當在幼時一直以為他的娘親是負氣而離家出走。在離開婆羅洲時，他內心盼望能尋回娘親，跟父親一家團聚。豈料福子田踏上黑道，使他倆父子為此分歧，再沒有對話。林小當直至今天才知道其母親早已逝世。鐵茶見林小當神情悲傷，哀痛欲絕的，不禁擔憂，卻也不知怎樣安慰對方，只得站在其身旁守著。靜月剛才一直隱身在附近，她不想捲入他們和江湖人士的紛爭中，以免被點相而招惹麻煩，影響其在香港的秘密任務。待那些江湖人士離開後，靜月才姍姍來遲的出現。

「靜月姐，怎麼剛才不見你了？我還擔心他們把你捉去呢。」鐵茶緊張地問。

「我……躲藏……了。」靜月說著。

林小當為免剛才的打鬥引來巡捕問話，而把他們扣押起來，於是急打起精神來，帶著鐵茶等人回西華良局。靜月打算轉身離開，卻被鐵茶拉著同去。那三名女子得從風月樓逃脫，避免繼續淪落風塵。林小當把她們交給劉兩後不敢馬上離開，擔心被剛才的江湖人士發現他們行蹤而找到這裡，所以晚上在此地留宿，守護著鐵茶等人。靜月要趕回上官宅工作，逗留片刻便要離開了。在她走到大門時，卻見林小當在一旁偷偷的哭著，淚流滿面。林小當察覺被別人發現了，一時間無地自容。他滿肚子的怒火、悲傷、失望、委屈正無處發洩，再難壓抑。

「看甚麼的？男子就不能哭嗎？」林小當對靜月喝道。

靜月突然被他斥喝一頓，正欲發作，可是想及福子田和林小當在剛才的對話，也不再怪責他。

「八嘎！」（日語）靜月說著。

「你這小不點在說甚麼？」

「自己一個人……也不壞。」

靜月站定，背身跟林小當說這句話後便走出大門。林小當聽見她的話後，霎時間似有所悟，心情稍覺放鬆。

靜月回到上官宅，在路經書房時，心裡似有牽掛的，於是走進房裡。她凝望著書桌，卻不見平日在書桌前看書的那少爺。靜月坐在椅子上，觸碰著書桌上的書本，睹物思人的。

「不知他現在哪裡呢，已離開一個月，怎麼還未回來。」靜月默默想著。

夜闌人靜，這位日本姑娘正想著那位風度翩翩的心上人。每當想及自己的真正身分，便令她不敢奢望兒女私情。正當靜月想倒頭入睡之際，忽然聽見門外有聲響。靜月把房門打開，卻不見他人，只有一張紙在地上。她撿起來看，只見紙上寫著一行日本文字。靜月依照紙上所示，悄悄的到畢打碼頭去。寒風迎面的吹在她嬌小的身體上，四肢也發抖著。過不多時，有一艘船正駛近過來，然後停泊在碼頭前，有二人從船上步出。靜月看見其中一人的面容後，當即上前迎接。

「義父，你怎麼來了？」（日文）

「雪子，我的探子果然找你來了。」（日文）

「是的，不知義父今次親自來香港，非常抱歉。」（日文）

「我們上車再談吧。」（日文）

靜月只見有一輛洋車駛至，車箱裡有一人步出。

「大島先生你好，在下福子田得見專駕，實在榮幸之至。」

靜月見來者竟是煙館的老闆福子田，不禁錯愕。她的義父因從事密探工作，穿梭各地，所以習得多種語言。他們乘坐福子田的車輛往秘密基地去。

「大島先生如有甚麼需要，儘管吩咐在下。」

「我今次是秘密前來，不可洩露我的行蹤。」

「是的，大島先生，我絕不會跟別人說起。」

「我會逗留這地方數天，難免寂寞呢。」

福子田聽大島先生這句話似有深意，一加思索以猜其心意。

「在下安排了三位姑娘相伴大島先生到訪呢。」

「辛苦你了，那就今晚帶來吧。」

「這三位姑娘已交給這位大姐呢。」

福了田這句話令靜月大感意外的。

「那天在風月樓外，不是被你們帶走了嗎？」福子田詭秘的笑著說。

原來他當天悄悄的尾隨林小當和鐵茶，以查知兒子怎麼要把妓女搶走。而當時的其中一人正是眼前所見的女子。福子田不當面說破靜月的事，以迫她把那三名女子交還出來。

「有這等事？雪子你今晚便把三人送來吧！」

靜月向來不敢違抗義父的意思，她清楚若不遵從的話便會受到酷刑，生不如死。靜月看著福子田那假意逢承的嘴臉，只覺厭惡非常。她在途中下車，獨自的往西華良局去。這一刻，靜月陷入進退兩難當中，要是隨意的找一位女子蒙混過去，必被福子田識破，而且他多次向義父明言是三人，不能減少。靜月感到內心在掙扎是否要幹這下流的事。

在這月黑風高的晚上，一個蒙面的女子從西華良局的外牆躍下，潛入院中。靜月先用迷藥把那三名女子迷暈，然後拖行到大門前，就在這個時候，忽然傳來一把女聲。

「你是甚麼人？你想把她們帶到哪去？」

靜月轉身一看，發現是鐵茶，暗自搖頭嘆息，於是快步上前將其打暈。靜月先把大門打開，然後把那三名女子拉出門外。林小當聽得有異聲，立時從睡夢中醒來。當他在附近查看時，卻發現有一個蒙著臉的人在前面，行跡可疑的。

「幹甚麼的？」林小當喝道。

靜月見被守著門外的林小當發覺，只得打起精神來應付。她知道對方武功甚高，於是打定主意要速戰速決，立時使重手來對付。林小當跟靜月對拆了數招，只覺對方的招數似曾對決，每招也呈現出快、狠，仿如在婆羅洲所遇的日本武士的招數。靜月不想跟他糾纏，從懷裡取出匕首來，然後連使多招殺著，讓對方知難而退。林小當見這人出招狠辣，不禁有氣。突然間，他想起之前在煙館所遇的黑衣人的身形和武功，跟眼前此人如出一轍的。正當林小當想使出擒拿手把對方的匕首拿下時，他瞧見在前端有三名女子躺在地上。林小當大感意外，於是翻身躍去。他探頭一看，驚見是日前所救的三名女子，林小當轉過身來想質問那蒙面人時，卻被對方迎面用迷藥所迷暈，片刻間失去知覺，倒在地上。待他醒過來時，已是清晨時分。

「你終於醒來啦！」

林小當感到一陣頭痛，定神一看時，卻見鐵茶坐在床前，神情滿是擔心的。

「我怎麼在這裡的？」

「林大哥，我們昨晚同遭敵人暗算，對方還把我們所救回來的女子擄走了呢。」

林小當聽見鐵茶的話，立時想起昨晚遇見蒙面人的情況，他當即奔到大門外一看，卻為時已晚了。鐵茶擔心林小當會在胡思亂想，自責不已的，於是拉他一起到市集逛逛。

「林大哥你看這玩意多有趣。」

鐵茶指著檔口上的貨品說。林小當沒有理會她，沒精打采的站在一旁。

「林大哥，這事可不是你的錯，可別在埋怨自己了。」

鐵茶把在檔口買的花生糖遞在他的手裡。

「這個很好吃呢，你也快吃吧。」鐵茶一邊吃著一邊說話。

林小當見她的食相看起來很像饞嘴的小孩，而且嘴角沾了食物，不禁笑了出來。鐵茶感到莫名其妙的，卻沒有追問下去，只微微的笑著。就在他倆閒逛著的時候，突然傳來一消息。

「聽說大清跟日本鬼子在威海交戰了！」

「我也聽親戚說過，現在四周也在說呢。」

「會不會打來香港的，可別嚇我！」

「不會呢，聽說是在遼東附近的海上打仗呢。」

林小當和鐵茶聽附近檔口的人說過不停，而且言之鑿鑿的。過不多時，全香港的英文報章也刊登了這一消息，說大清和日本在威海爆發激戰。

靜月在上官宅的書房裡徘徊著，她自從義父口中得知大清和日本交戰的消息後，整天都在為上官學擔憂著，不知這位少爺是否受戰事影響而遲遲未歸來的。靜月自知不能再想及兒女私情，於是裝了一盆水來洗臉，讓自己冷靜下來。然而，在獨處間，她又感到心裡的罪疚感沒法消除，在抹了多次臉後仍然被這感覺壓得幾乎喘不過氣來。

「這是義父迫我的，可不關我的事。」

靜月不停的跟自己說。

當晚靜月把那三名婦女逐一的送到附近的香港大酒店裡，讓她們陪伴義父睡覺。其後，大島日再把她們轉讓給部下佐久間隆盛，這三名婦女遭受連番的蹂躪，痛不欲生的。福子田為討好日本人，使計迫靜月把她們交出來。看見同胞被侮辱，福子田絲毫不放在心上，只著眼於擴充鴉片生意，目標是把分局開設至全國各地。

靜月過去早對義父這種行徑不以為然，可是自從對上官學心生愛意後，她心裡開始抗拒這令人不齒的行為。靜月回到自己的房間後，心裡就如被大石壓著，久久不能入睡。她打開一個匣子來，內裡裝著滿是上官學從前教她書寫的紙張。靜月一張一張的看著，心裡既踏實又是記掛。就在這個時候，靜月發現有一件信件在匣子裡，在稍加思索後才想起是當天在畢打碼頭初遇林小當時，對方不小心丟下的。她當時把信件拾起，後來因忙著打掃，匆匆把上官學所寫的紙張連同這信件一併放在匣子裡，直至現在才想起這事。靜月拿起信件來，卻見封面是用日文所寫的，她在好奇下把信件打開來看，豈知內容令人大感意外。靜月把信件重覆看了一遍又一遍，看著那署名上的名字，使她陷入沉思中。翌日，靜月早早的出門找林小當去。可是她走遍大街附近地方也找不著對方。

「林小當……在哪？」靜月問著街道上的一位車夫。

「小當？我倆是住在一起的，可是我最近很少見到他，不知道這小子在幹甚麼呢？」陳大開說著。

靜月聽見陳大開的話後，便轉身離開。

「姑娘慢走，我的車子也很好坐的，保證你滿意，價錢童叟無欺的。」

陳大開見對方無視自己的，討了個沒趣。

「小當認識的這位姑娘雖然長得好看，可是未免太冷漠了，待會兒要叫那小子好好教訓她呢。」陳大開笑著說。

靜月遍尋附近地方也找不著林小當，暗自著急的。

「難道是去了西華良局？」

靜月不願再到西華良局去，不想再想起當晚擄走婦女的事，可是她有萬分要緊的事要找對方，只得再到那地方去。

「林大哥今天沒有來呢，靜月姐你有事找他嗎？」鐵茶問著。

「沒……沒甚麼。」靜月說著。

林小當此時卻身在畢打碼頭外，他正在等待從國內而來的客運船，希望能跟乘客打聽關於大清和日本交戰的情況。林小當正欲上前開口問，然而所見的乘客大都是一臉凝重的，神情仿如哭喪般。

「大哥，戰事怎麼了？」林小當緊張地問。

對方一臉茫然的搖頭，然後離開了。

「大姐，現在甚麼情況了？難道……」林小當心驚膽跳的問。

對方不願回答，臉上猶帶淚痕。林小當看見對方這等神色的，心下已了然大概，卻始終不敢相信這事實。這個時候，有兩個身穿西裝的乘客迎面走過，林小當認得其中那年輕男子正是之前見過的大狀，於是急上前問對方。

「大狀，你好，我們之前碰過面的！」

「請問先生是？」

「大狀你之前坐過我所拉的車子去法院呢。」

「我好像有印象，之前有勞先生了。」

「我想問現在戰事到底怎樣了？大家好像都不願說的。」

「這個嘛……也不好說呢。大清……戰敗了。」

「甚麼？大清竟輸了？」

「是全軍覆沒，戰艦也遭擊沉了。」

林小當聽得此言，霎時間胸口就似被打了般，說不出話來，傷心得掉下淚來。眼前此人正是上官學，他父子二人到廣東後先跟當地官員講述有關婦女遭拐賣到國內和海外的情況，可是對方因香港現在由殖民政府管治，提出諸多不便插手的理由，只能由民間組織來打擊婦女被拐賣的情況。後來，京城傳來跟日本在威海交戰的消息，全國地方官員也注意在這戰事上，無暇理會其他事情。上官堂和上官學當即啟程到京城，親自上書給洋務大臣李鴻章，力陳不應繼續跟日本交戰，以免生靈塗炭，理應讓國民休養生息。可是朝廷拒絕罷戰，以挫日本的銳氣，一洗國家多年來連連戰敗的頹勢。由於大清已推行洋務運動近三十年，積極訓練海軍和購置西式戰艦，當時大清的海軍實力號稱全亞洲第一，所以朝廷上下也躍躍欲試，向近年來蠢蠢欲動的日本還以顏色，以振國威。李鴻章深知以當時北洋海軍的實力，因種種問題尚未能跟近年積極擴充軍備的日本海軍交鋒，可是慈禧太后及光緒皇帝已同意跟日本交戰，北洋海軍再沒有退路，只得奉命應戰。

然而，北洋海軍在這次戰事中遭毀滅式的打擊，全軍覆沒，清兵傷亡枕籍，多艘戰艦如定遠號等遭日本擊沉。大清戰敗的消息令舉國震驚，無一不感到屈辱。上官堂父子因戰事而把回香港的日子押後。他們在京城親歷目睹國民難而接受國家戰敗的消息，無不神情悲傷，有的更是自盡殉國。林小當聽得這消息後，恨不得能上戰場去，可是敗局已定，已不能挽回了。

「小兄弟可要振作。」

上官學輕拍林小當的肩膀，然後跟上官堂乘坐座駕離去。

此時靜月急找大島日去，把信件交給對方看。大島日看了此信後，立時讓佐久間隆盛跟靜月一起找尋林小當。他倆在西華良局外守著，等待對方前來取回車子。一個時辰後，只見一位所穿衣裝就如農夫般的年輕人正沒精打采的前來，正是林小當。靜月跟佐久間隆盛使眼色，對方於是用淺白的漢語上前問話。

「小子，站著。」

林小當見突然有一位個子不高，身形壯實的男子來阻攔，微感意外。

「這是你的？」

佐久間隆盛把信件拋給對方。

林小當見對方無禮，不禁有氣。他把信件撿起來看，想起這是早前黃虎從山本夫身上取走的，然後黃虎再把武功札記及信件一併交給他。林小當因看不懂封面所寫的文字，所以發現遺失此物件後也沒有刻意找尋。

「對啊，這是我的，你在甚麼地方找到的？謝謝你呢。」

「寫信的人在哪？」

「這個嘛，這信件是從一個日本人身上得來的，大叔你不會認識他的。」

「那日本人在哪？」

林小當見眼前這人的臉色突然變得陰森恐怖的，不禁愕然。

「難道大叔你認識那人？」

「正是。」

「這人不是好人，大叔你也別找他了。」

佐久間隆盛聽得林小當這句話，立時伸手拉著對方的衣領來，神色著急的。

「山本先生到底怎樣了？你這小子怎會有他所寫的信？」（日語）

林小當聽對方突然說出其他語言，而且像極在婆羅洲所遇的日本人的語言。

「難道你是山本夫的朋友？」

「沒錯，你果然見過他。」

林小當見突然來了這不速之客，只怕是為山本夫報仇而來的，他急用右手架開佐久間隆盛的手，然後使出玄通拳打在他的胸前，豈料對方受了這一拳後竟全沒損傷，林小當連使多招擊在對方身上，怎料依然沒起作用。佐久間隆盛把身體肌肉鍛鍊得結實無比，加上苦練獨門的合氣道武功，終把自己訓練得銅皮鐵骨。林小當只覺每招打在對方時，猶如打在牆上的，反令自己疼痛起來。他見對方如此強橫，於是變招，使出擒拿手來，急向對方四肢擊去，可是佐久間隆盛如看清林小當的套路般，在他攻來之前，已算定對方位置，然後先發制人的截擊對方。林小當被佐久間隆盛反握著手腕，難以脫身，他萬料不到對方的武功竟如此厲害。

「山本先生怎麼了？快說！」佐久間隆盛喝問。

林小當被壓得半蹲在地上，動彈不得的。他這時心火正盛，先聞得國家被日本所敗，現在自己卻被這日本鬼子所挾制，當真是欺人太甚。他不由得大說山本夫的惡行，以洩心中的屈悶。

「山本夫這惡賊想在南洋種植罌粟，然後運往大清讓人吸食鴉片。這東西害人不淺的，我和另一人出手制止那日本鬼子，豈知這人竟帶同多名懂武功的人來殘殺無辜，還把我的師父殺了呢！」

靜月剛才一直站在旁邊的高牆上守著，以防林小當不敵後逃脫。這刻聽見他如此力陳山本夫的不是，心裡感到莫名的難受。佐久間隆盛聽得山本夫帶了懂武功的同伴到當地，不禁起疑，然後說出兩人名字來。

「向井真司？谷壽二夫？」（日語）

林小當聽他說起這些名字，依稀記得山本夫曾對其中二人喚作這兩個名字。

「這兩人確是有到南洋去，你認識這兩個惡賊？」

「他們是我的徒兒！」

林小當聽得佐久間隆盛這句話，不禁驚訝。想不到他們的師父就在眼前。

「他們後來怎麼沒回到日本？」

「其中一人被殺了，另一人是自盡的。」

佐久間隆盛突然聽得兩個徒弟的死訊，盛怒之下幾乎扭斷了林小當的手腕。

「你這小子武功平平，不是我徒兒的對手，快說！兇手是誰！」

林小當心想絕不能說出是黃虎幹的。

「你那兩個徒兒在當地濫殺無辜，而且親手把我三位師父殺了，這兩個日本鬼子是罪有應得的！」

「那山本先生？怎麼也失蹤的？」

林小當想起山本夫在當地挑撥離間，直接令黃虎和蘇薩決裂，禍及其他華工，實是罪魁禍首。

「這惡賊也被殺了！」

林小當這句話同時令兩人大吃一跳的。

靜月實在按耐不住，於是從牆上躍下來，急往對方去。林小當突然見靜月走過來，還以為她是路經此地，急得大聲叫喊。

「小不點，快離開這裡！有危險！」

靜月充耳不聞的，繼續前來。林小當見狀，奮力往佐久間隆盛身上踢去，以迫對方後退。就在這個時候，有一把匕首插在他的肚裡。林小當立時血流如注的，他萬萬想不到靜月竟會突然偷襲，欲置他於死地。林小當的眼神滿是疑惑的，他見對方的神色充滿怨恨的。林小當突然想起曾見過這凌厲的眼神，他下意識間看著插在自己身上的匕首，只覺曾見過這利器。

「原來，你便是……」

林小當再也支持不住，倒在地上。

就在這個時候，鐵茶和劉雨聞得門外有異聲，於是走出來看。她們驚見林小當受傷倒地。靜月念及鐵茶一直對她不薄，不想此時傷害對方，而且已經手刃仇人，於是拉著佐久間隆盛離開此地。鐵茶見林小當血濺半身，昏迷不醒的，驚得手足無措。劉雨急用手帕按著其傷口位置，可是仍然流血不止的。她當機立斷的把對方扶到車子的座位上，然後和鐵茶一起拉著車，把林小當送到醫院去。鐵茶一邊走著，一邊流著淚，擔心不已。

這一晚的月亮呈現著血紅色的，跟平日有所不同。靜月在上官宅的花園裡坐著，正在沉思當中。她看著手上的信件時，不禁想起幼時的經歷。

「雪子，你要跟義父好好習武，不要丟了山本家的臉。」（日語）

「女兒不會令父親大人失望的。」（日語）

山本夫因長年在外工作，足跡遠至南洋，所以把女兒交託給義弟大島日，以期培養成一名出色的間諜，將來能為日本皇軍收集情報。靜月已多年沒有父親的消息，豈料已遭他人殺害，不由得黯然悲傷。正當靜月想得入神時，突然有人從後輕輕的摟著她。靜月大驚失色的，正想反抗時，對方卻溫柔的跟她說話。

「我回來了，這段日子我很想念你呢。」

這人正是上官學，他自到廣東，跟對方分隔兩地後，便察覺自己真是愛上靜月，有時更神不守舍的，被其父親責罵，後來他到了京城，更是對靜月日夜思念，只想儘快回香港，可是當時正值大清和日本在威海交戰，上官堂關切戰事，所以他父子倆逗留在京城等待戰事消息。上官學在這段期間，不停收到清兵傷亡的消息，令他體會到人生短暫，福禍難料，所以下定決心不再掩飾對靜月的愛意。靜月聽得是上官學，不禁心神俱醉。在這段日子裡，她內心總是盼望對方早日歸來，現在所掛念的人便在身邊，既感到歡喜，又是害羞的。她轉過身來，正想擺脫對方。上官學握著靜月的雙手，然後一臉真誠的跟她說著：

「靜月，我想永遠跟你在一起，你願意跟我成親嗎？」

靜月聽得上官學這句話，內心感動不已，她想不到自己竟能得到意中人的這份愛意，內心多麼願意跟對方在一起，可是靜月想及自己是雙手沾滿鮮血的間諜，實在配不上這位年輕有為的少爺。現在大清和日本交戰，上官學是華人，而她是日本人，他們注定因國仇而不能在一起。

靜月閉起雙目，儘量讓自己能多感受這一剎那的幸福，然後跟對方說：

「我……愛……你。」

上官學突然聽見她能說話，大感意外的。只見靜月輕輕的躍到牆上，淚眼盈盈的看著他，然後轉身遠去。

大清在甲午之戰中敗給日本，令舉世震驚，同時徹底暴露了自身在軍事方面上的弱點。接踵而來的，是被列強國家威迫而簽訂一系列喪權辱國的租借國土條約，敲響了險被瓜分土地的喪鐘。

林小當被靜月行刺後，幸得鐵茶和劉雨及時把他送到醫院搶救，才得以保存性命。在這段日子裡，鐵茶每天都會到醫院探望他。心宜得知林小當受了重傷，也嚷著要來探望這位大哥哥。林小當自然感受到鐵茶那份情意，可是他內心總覺得跟靜月相處的時候更自然，沒有面對鐵茶時的拘緊。

「原來小不點竟是之前的黑衣人。」

「她怎麼會跟那日本人在一起，而且要殺我？」

林小當在住院期間一直在想這個問題，卻總是想不出答案。

這一天，他正在閱讀鐵茶所帶來的報章，豈料所報登的竟是令千萬中華兒女痛心疾首的內容。

「甚麼？日本鬼子要我們割讓東北所有土地，還有台灣和附近島嶼？而且要賠償二億銀兩給對方。」

林小當看見報章的內容後，急怒攻心，幾乎使傷口迸裂。他自幼親歷被洋行賣至南洋當苦工，後來目睹當地華工大都被勞役至死，客死異鄉，活過來的不到一半人數，而且是遍體鱗傷的。林小當想起自己的父親跟無數同胞一樣染上吸食鴉片的毒癮而家破人亡，三位師父無辜的被日本人殺害，他激動得揮掌往身旁的椅子拍去，只聽得一聲巨響，整張椅子被擊得肢離破碎。

「為甚麼我們會這般沒用，任由其他國家來欺負？」

林小當抱頭痛哭著，在剛才的一擊，他的手掌被震得皮綻肉裂，流著鮮血來，可遠不及內心的苦痛。

鐵茶看見林小當突然大發雷霆，然後傷心落淚的，大感驚訝。可是她自知不懂國事，不知怎樣安慰對方，只得在一旁默默守著。

福子田自得知大清戰敗後，沒有半點悲傷，反倒在盤算怎樣從日本人中獲得最大的利益。他主動的帶了厚禮到香港大酒店親賀大島日和佐久間隆盛。

「福先生，你是華人，現在大清輸給我們大日本帝國，你怎麼還來找我們？」大島日說著。

「大島先生千萬別見外，我對國家大事可沒有興趣，我只重視跟大島先生的友誼。」

福子田雙手送上名貴紅酒及帶來兩名漂亮姑娘給對方。大島日看見福子田誠意滿滿的，不禁暢懷大笑。

由於香港殖民政府沒有實現禁煙，鴉片商人紛紛在此開設煙館，數量逐年增加。而外國一箱一箱的鴉片運來香港這彈丸之地，不少人因而染上毒癮。大島日看準商機，大力投資福子田的煙館，漸漸增加日資在此地的影響力，而且可以掩人耳目的在香港進行間諜活動，以取得更多大清和英國的政治消息，為日後軍事活動作準備。

福子田把煙館的生意做得有聲有色後，再不滿足於此，他竟開設了多間風月場所，而且頗有規模，就連洋人也慕名而來。福子田暗中命人在本地拐騙更多的婦女來當妓女，定下巨額的贖身費，他不以出賣同胞為恥，從中賺得佣金。福子田怨恨命運令他在前半生妻離子散，竟從此投身於黑道。

在萬里以外的南洋，得黃虎的守護，把所有前來婆羅洲的日本探子驅逐，避免在當地種植罌粟。

日本自一八九五年擊敗大清後，在所訂下的《馬關條約》中得到巨額賠款和經濟利益。助長了日本政府以軍國主義為國策，透過軍事擴張來謀取更多的利益。另一方面，日本在《馬關條約》中訂明要大清割讓遼東、台灣、澎湖等數以萬計平方公里的土地以作賠償。德國、俄國、法國為保障在華利益，聯合要求日本歸還遠東土地予大清。日本有感被西方列強輕視，於是積極加強軍事力量及以外交手段來爭取認同。

「雪子，你由今天起要想辦法接近木今里的身邊，這英人是香港巡捕廳的首長，得到英國政府的支持。你潛伏在這人的身邊，可以掌握英國政府的動態，有利我們大日本帝國日後拉攏英國合作。」（日語）大島日說著。

「可是我要怎樣才能接近那英人呢？」（日語）

「雪子，以你的美貌來誘騙他，保證對方會被你俘虜。」（日語）

「義父，我恐怕不能辦到……」（日語）

「為甚麼不行？你是一個女間諜，應該有心理準備用美色來報答國家，難道你有意中人了？」（日語）

靜月聽得大島日這句話，一時間難以回答，心中卻泛起上官學的模樣。大島日見她臉帶猶豫，答案顯然而見。

「你的意中人是之前收留你在這地方的那戶人？我立刻派佐久間把他們滅門！」大島

日怒著說。

靜月素知義父的手段極其兇殘，而且言出必行。為了保護上官學和他的家人，只得遵照大島日的意思去辦。

「女兒沒有意中人，定必遵從義父的意思。我明天便去接近木今里。」

翌日清晨，靜月正對著鏡子畫眉，其嘴唇塗上一層薄薄的桃紅色胭脂，她把自己妝扮得美艷動人的。然而淚水滾滾流下，已多番使其臉上胭脂褪色，只得重新補過。

中午時分，靜月正在政府大樓外等待木今里的座駕。過不多時，目標人物出現，靜月把握時機而上前。就在這個時候，木今里在車箱內突然看見有一個女子走出橫過道路，司機立時想停車避開對方，可是仍趕不及剎停車輛，把那女子撞倒了。木今里見狀，破口大罵的，然後急不及待的走出車箱，上前查看。正當木今里著急對方傷勢時，卻被這位女子的相貌所吸引著，視線久久未能移開。

只見眼前是一位容貌絕色的東方女子，其長長的眼睫毛和櫻桃小嘴顯得多麼楚楚動人。那嬌小玲瓏的身子就似弱不禁風的。這一身漢人的傳統服飾彰顯出那神秘國度的色彩。木今里情不自禁的伸手往這女子的臉上一摸時，察覺對方尚有呼吸。這個時候，這位女子突然伸手握著木今里的手背，氣若游絲的說著。

「救……救我。」

木今里已來香港工作多時，所以粗通粵語。他現居巡捕廳首長的要職，如果在發生這交通意外後不顧而去，而這女子傷重死亡的話，勢必影響殖民政府的聲譽。木今里當即安排司機把眼前這女子送到洋人的私家醫院，指示要全力醫治對方。

這位女子自然是靜月。她精心策劃今次的交通意外，事前先調查木今里日常的行蹤及行車時間，然後把握時機的上前走去。靜月先前還在反覆思量應否這樣賭上自己的性命，其後心裡已有主意。如果能引起對方的注意來便好，假若最終當場喪命，她也不負與上官學之間的愛。

數個月後，政府高級官員之間舉行了一場聯誼晚宴。上官堂是首席華人非官守議員，也獲邀出席。他特意帶同上官學一起赴宴，以讓兒子能多認識達官貴人。在宴會上，上官堂跟一眾非官守議員談笑風生，上官學則獨自在餐桌前喝著酒，他想起不到一年前的那場慈善晚宴。正當上官學滿是感慨時，場上賓客突然歡呼起哄。他起初還不以為然，可是在不經意間瞧見木今里身邊的舞伴時，卻驚訝不已。

只見出現在他眼前的是一位美貌女子，身穿華麗的晚妝，與其臉上冷艷的臉色互相輝映，顯得既是雍容華貴，也是風姿綽約，使一眾男賓客不禁自慚形穢。木今里看見眾人流露出驚嘆的神情，暗自竊喜。在場的政客和記者紛紛在追問這位女子是誰人，均想對方是出身本地名門望族。如果只是一位本地女平民的話，根本不可能跟在巡捕廳首長的身旁來出席晚宴。就在木今里臉有得色的時候，突然有一人上前跟那位美貌女子說話。

「靜月，你怎麼在這裡的？」

那女子斗然間聽得對方的聲音，只覺全身一震。

木今里眼見這人竟在眾目睽睽下，主動勾搭自己的舞伴說話，稍覺不悅，卻不便發作。他認得對方便是華人官員中的領袖上官堂的兒子，衝著對方的面子便暫時容忍著。上官堂雖覺那女子確是跟靜月長得十分相似，可是兒子竟這般不懂禮儀，實在有失上官家的面子。上官學見眾人看著他的目光帶著鄙視之色，不禁慚愧。他自幼學習在上流社會的交際禮儀，被父親寄予厚望，想不到今晚竟大出洋相。上官堂眼看兒子處境尷尬的，於是上前跟木今里致歉，陪著笑的打圓場，然後拉著上官學回賓客席坐下。就在一眾來賓跟各自的舞伴跳舞時，上官學看見木今里的舞伴在跳舞時的身影，步姿都跟靜月如出一轍的。他難以按下情緒，心情複雜的。在散席的時候，上官學暗中指示記者來提問木今里數條問題。

「木今里先生你好，今晚看見你跟身邊這位女士跳舞時十分合拍，讓我們大開眼界。請問她是你的朋友嗎？」

木今里被對方稱讚，心下自然得意。他見一眾記者在場，也不便拒絕訪問，有失其風度，於是以淺白的粵語回應。

「這位美麗的姑娘，是我的妻子。」

木今里此言一出，立即引起眾人的哄動。

「原來木今里先生已經結婚了。怎麼也不向我們公布這喜訊呢？」

「我跟 Diana 是在上月結婚的，我們很快會有一個孩子了。」木今里手握著靜月的手說。

上官學聽得木今里這番話後，只覺天旋地轉的，昏倒在地上。眾人見狀，頓時嘩聲四起。上官堂立時扶起兒子到座駕去，然後駛到醫院。上官學被送到醫院後，需留院觀察。上官堂對兒子的情況，心下了然，猜到大概跟兒女私情有關，於是也不便多言，讓兒子獨自冷靜。

翌日中午，正當上官學醒來後，在矇矓間，忽然看見在病房門旁有一位女子在看著他。那位女子察覺被發現後，立即轉身離開。上官學看見對方的臉容後，立時下床走出病房，直追至大堂外的草地。正當他在追趕時，腳上突然乏力的，整個人跌倒在草地上。

「慢著！別走！」上官學流著淚說。

那位女子不自覺的向後方瞧著，驚見對方倒在地上，於是急上前扶著他。

「靜月，你怎麼不認得我了？你怎麼跟那洋人結婚了？」上官學激動地說。

這位女子眼看對方臉上盡是情深款款的神情，心下感到無限的惆悵，忍不住流下眼淚來。

「我……跟你不可能的。」

上官學見對方終肯認他，歡喜得把她抱在懷裡。片刻過後，這位女子推開上官學，轉過身去，緩緩的說著：

「我……其實是日本人。名字叫山本雪子。」

這位姑娘正是靜月。數月前，她刻意製造一場交通意外，得以接近木今里。在其後，木今里被靜月的美貌深深吸引，然後每日來醫院探望她。兩月後，木今里已經不能自拔，發現自己已愛上這位華人女子，於是接對方到其洋房裡居住。木今里是英人，而且擔當殖民政府的重要職位，本來只想跟靜月同居，後來跟對方有了孩子，只得正式跟這華人女子結婚。靜月起初知道自己懷有這洋人的孩子後，心裡有莫大的罪疚感，只覺對不起上官學，頓時想輕生了結生命，卻被大島日發現，出手阻止。

「你這一輩子已賣身給我們大日本帝國，所以你不能輕易以死來退出！」（日語）

大島日揮手掌摑靜月。

靜月見事已至此，再也回不過去，只得繼續履行任務，待日後事情完結便把孩子交給西華良局，她便自行了結自己的生命，結束這沉重的枷鎖。靜月沒想到會再跟上官學重遇，可是自己已是別人的妻子，還懷有孩子，永遠也不能跟眼前所愛之人在一起了。靜月慢慢的把自己身世，成為間諜和跟木今里懷有孩子的事一一告知上官學後，已是黃昏時候。靜月哭成淚人的，而上官學一時難以消化所有事情，坐倒在地上。靜月見天色已暗，要趕回木今里的身邊，以免對方生疑。上官學握著靜月的手，不想讓她就此離去。

「我要走了……遇見你是我這輩子最快樂的事。」

靜月哽咽的說著，然後狠下心腸的掙開上官學的手，轉身遠去。

此時此刻，上官學再也控制不住，放聲在草地上痛哭，感慨命運的安排。

「我會等你的！我這輩子只會愛你一人！」

在星光下，但願那女孩偶爾能想起這承諾。

上官學抹著眼鏡上的霧水，獨自站在夜空下。

三年後……

「大哥哥怎麼還未到的？」心宜說著。

「林大哥應該還忙著拉車，不過他答應過今天會來的。」

鐵茶摟著心宜說。

這一天，劉雨為暫住在西華良局內，而且同是本月生辰的兒童舉行生辰聚會。鐵茶和其他暫住在西華良局的女子，正為今天十多位主角準備紅雞蛋。

「鐵茶，昨天跟你會面的配婚對象怎麼？」劉雨說著。

「這個也不合適呢。」

「可是你已經拒絕了多個配婚對象，難道真的沒有一位是可以？」

「就算他們有多好，我始終也不喜歡。反正我也不急著成親。」

「我看你是已有意中人吧，那人在這些年來也只顧拉著車的，是否知道你的心意？」

「我也不知他在想甚麼，可是我很在乎他，他應該是知道的。」

就在劉雨和鐵茶閒聊間，林小當正在畢打碼頭外拉著車，他已習慣每天在這附近接載乘客，風雨不改的。林小當內心總是覺得不踏實，卻說不出是為了甚麼，總是要在這裡拉著車才行。正當他拉著車時，忽然見到對面街道上正有一位身材嬌小的女子走過，林小當立時請求身後的乘客等一會兒，不待對方答應便放下車子，往對面方向跑去。

「小不點，你終於出現了！」林小當伸手搭在眼前女子的肩上。

對方轉過身來，臉上流露驚嚇和疑問的神情。林小當發現是認錯人，立即向對方致歉，心裡滿是失望。當他回到車子前時，卻發現黃包車上的乘客已離去。林小當拉著車在附近走著，也不知道終點該是甚麼地方。林小當猛地想起今天要到西華良局，為心宜等小朋友慶祝生辰。就在他準備回程時，卻發現車子上有一份乘客遺留的報章。

「英人……新界……」

林小當識字有限，看不懂報章內容，只得待會兒讓劉雨等人來解說。

英國在一八九八年向大清強行租借位於香港的新界地方，租借期為99年。自此，香港所有地方盡歸英人管治。然而，香港殖民政府直至翌年才突然發公布會接管新界所有土地。這突如其來的消息讓新界居民不知所措，對未來的生活感到一片迷茫。新界內的治安頓時亂成一團，居民陷入恐慌中。

「當當，這份報章說，英國人將於本月正式接管新界，當地居民表示之前一無所知，準備抵制對方呢。」

林小當聽見劉雨所說的報章內容後，不禁同情新界居民。

「只怕他們動手打起來時傷及無辜，令更多孩子無家可歸呢。」鐵茶摟著心宜說。

林小當在旁聽著，忽然心生一念頭。

翌日清晨，林小當早早出發到畢打碼頭，準備坐舢舨船往新界去。就在他到達時，卻見有一位相貌俊俏的少年在等著。

「嘻嘻，林大哥你果然打算獨自到新界呢。」

林小當見這人有點眼熟，待定神一看，卻發現眼前的人竟是鐵茶。她穿了一身男子的衣裝。

「是鐵茶？你怎麼在這裡的？而且穿成這個模樣？」

「人家不放心你一人上路，所以跟著來看看。」

「可是今次不是去玩，會有危險的。」

「林大哥，你忘記我們上次一起到妓院胡鬧嗎？別看輕我呢。」鐵茶眨眨眼睛說著。

林小當聽她說起數年前一起到風月樓救被拐賣婦女的事，現在回想起來，不禁好笑。

他想起當時靜月也在場，可是只有鐵茶一直默默的留在身邊。過不多時，他們終於等來開往新界的舢舨船。在海面上，林小當想起當年乘船往南洋的情況，可跟現在大不相同，身邊再不是那百名華工，而是這位性格開朗善良的女子。

看著彼岸綠油油的山，天藍色的海水，鐵茶感到說不出的恬意。陽光映在鐵茶的臉上，林小當看著她那嫵媚的笑容，只覺內心充滿溫暖。隨著風兒的領航，他倆在沿岸所見的盡是鄉野田地，海面上有多艘漁船，只見漁夫正忙著撒網捕魚。天上偶有鳥兒在飛翔，樹上有昆蟲鳴叫，仿似在這大自然裡奏樂。鐵茶看著這裡醉人的景色，感到心境寧靜，沒有在城市地方的喧鬧。林小當忽然把雙手伸到海裡，只見他瞬間捕捉了一條肥大的魚兒。

「林大哥，原來你捉魚的身手這麼了得的。」

「我在婆羅洲時，常常要靠自己來找食物，所以只得在那大海裡捉魚呢。」

「婆羅洲？怎麼我沒聽過這地方的？」

「那是跟這裡相隔很遠很遠的地方，當年我們近一百人同坐在一艘大船上而去呢。」

林小當跟鐵茶細說幼時經歷，當說起三位師父在船上擊退敵人，跟王虎和田血劇鬥時，鐵茶聽得大是著急的，仿似正在發生般。林小當刻意不說山本夫和向井真司等人的所作所為，免得鐵茶聽著傷心。

就在他倆遙望著溪間的白鷺時，經已進入大埔這地方。只見遠處有多間傳統風格的村屋，跟在畢打碼頭旁所見的連串西式建築物迥然不同。林小當和鐵茶下船後，往那鄉村邁步行走。就在鐵茶一邊跳著一邊走著的時候，在草叢裡忽然有三名村民走出來，然後說著有鄉村口音的話。

「你們是什麽人？在外地來的？」

「我們不歡迎外來人，快滾蛋！」

林小當見這三人神色凝重，而且拿著泥耙驅趕他人，不禁驚奇。鐵茶見他們年紀尚輕，卻裝作兇神惡煞的，不禁笑著。那三名村民見眼前這少年在取笑他們，而且腳踏在農作物上，勃然大怒，於是便上前捉拿這少年到祠堂等候村長發落。林小當見他們突然動手，於是把鐵茶拉到身後。那三位村民同時伸手拉扯著林小當，豈料對方竟屹立不倒，牢牢的站在原地上。

其中一人向林小當連環的揮拳勾打，卻被他左搖右擺的輕輕避過，神態自若。其餘兩人見狀，只覺有點邪門，於是加入夾擊。林小當也沒有出手還擊的意思，只見他輕輕搖擺身子，讓那三人同時對準他上身擊去。正當那三位村民以為定必擊中對方時，林小當突然身子向後，避開三路的攻擊，令那三位村民同時打在自己人的身上。林小當所使的正是貢雷所授的內家功夫玄通拳。他全程沒有移動過腳步，也沒有出手，卻以「引」、「帶」字訣化解對方攻勢。

鐵茶在林小當身後看著，忽然見那三位村民互打對方的，大感驚奇。

「我林大哥還未動手，你們這三人怎麼先動手打自己人的？」鐵茶笑著說。

那三位村民已瞧出不妥，他們沒料到世間竟有這等高明功夫，還以為林小當懂使法術。

「大哥，不如請他們見村長，或許能助我們對付那些洋鬼子呢。」

「沒錯，這也是一個好法子，他們也是華人，該出一分力。」

「這人似不是普通人，想不定能克制洋鬼子的火槍呢。」

林小當聽著他們的對話，似乎是跟洋人接管新界有關，於是暗自留意，不再作弄對方。

「這位兄台，在下鄧大山，旁邊是我兩位兄弟鄧糖和鄧一，剛才多有誤會，還請不要放在心上。」鄧大山抱拳說著。

林小當見對方突然說話有禮的，忙抱拳還禮，然後簡單的介紹他和鐵茶。鐵茶在旁看見林小當反應不來的模樣，忍不住格格笑著。

「我們想請林兄到祠堂商議一事，希望林兄能答允。」

鄧大山、鄧糖、鄧一同時抱拳說著。

「難道是跟洋人有關的？」

「正是！現在洋鬼子兵臨城下的，我們所有村民不願當洋奴，誓死保護家園。」

林小當聽得鄧大山這番話後，當即答應對方邀請。

林小當試過被外族人勞役的滋味，不想再看見同胞被外族人用鞭子抽得頭破血流的，於是立下主意要出一分力，共抗洋人入侵。

鄧大山兄弟三人帶著林小當到鄧氏祠堂去，村長看出鐵茶是女扮男裝，只讓她在外面等著。

「現在洋鬼子竟要在我們祖宗所傳的土地上升起英吉利的國旗，實在是欺人太甚了！」

林小當見說話者是坐在中間位置的一位老翁，對方頭髮花白，留著長鬍子的，看似輩份不小。

「我們定要給點顏色讓那些洋鬼子看，別讓他們以為我們大埔七約的村民是好欺負的！」

「聽說洋鬼子在後天便會召集附近所有村的長老，在他們面前升起洋旗呢！」

「我們要召集鄉勇來守衛鄉土，可是洋鬼子的火槍很厲害呢。可不能令我們村民死傷。」

正當祠堂裡眾人苦無對策時，鄧大山突然站出來說著。

「大家別怕，我請來了一位會法術的朋友！」

鄧大山往祠堂大門方向一指，一眾長老紛紛轉過身來。只見在眼前的是一位外形如普通農民無異的年輕人，其身後是一位女子。

「你們是甚麼人？祠堂重地，外人不得進來！」那名白髮老翁說著。

「老頭子，你以為我們希罕來這偏遠地方嗎？是他們三人帶我們來的！」鐵茶對著那老翁說。

鄧大山見狀，忙跟那名白髮老翁鞠躬行禮，然後跟大家說可以借助林小當的力量來對付洋人。

「甚麼？這小子有此能耐，我可不相信。」

村長剛才一直不發言聽著，卻突然張口說著。

「村長，林大哥定能幫助我們的，剛才他沒有出手，竟令我三兄弟打在對方身上。」

「這些掩眼法的技倆，洋人最是拿手的。既然大山你極力推薦這年輕人，那我便暫准他一起當這村的鄉勇。」

林小當聽得村長准許他加入這村的鄉勇，轉身向鐵茶微笑著。

「小子，你可別拖我們後腿，要跟我們的指令行動。」村長摸著鬍子說。

鐵茶見這村長言語間顯是輕視林小當，而且倚老賣老的，不禁有氣。

「林大哥特意從西區坐船來這偏遠鄉村，只是想幫助大家抵抗洋人，豈知你們這些鄉村長老也沒有感謝林大哥，難道以為他欠了你們？」鐵茶當著在場的所有人說。

林小當見鐵茶突然發難的，只得走出祠堂，然後握著她的手背。

「沒事的，妹子你別生氣。」林小當輕輕說著。

鐵茶見他突然溫言細語的，臉上微微一紅，也不再多言。

鄧大山見雙方尷尬，忙站出來打圓場，滿臉笑容的。

黃昏時分，鄧大山讓林小當和鐵茶在他的屋裡歇息。林小當到屋外找來茅草，然後鋪在地上。他讓鐵茶獨自睡在床鋪上，自己則躺在茅草上。鐵茶見林小當這般為她設想，心裡滿是感動。

鄧大山見鐵茶一個女子竟跟著林小當從西區遠渡而來，關係可想而知。他裝作毫不知情的，不禁暗笑。次日清早，屋外忽然傳來敲鑼的聲音，弄醒了所有還在睡夢中的村民。

「大家快起床，然後到山下的木棚去。」

林小當被屋外喊叫聲所弄醒，他打開屋門時，竟看見數十名男村民成群結隊的往前走，而且拿著火炬。

林小當看見這等情況，不禁驚奇，於是走回屋內喚醒鐵茶。這個時候，鄧大山打著呵欠的走到屋門前，卻被正在往前方進發的村民拉著走。林小當和鐵茶見狀，只得也跟著去。待他們走到山下時，卻見這裡搭建了一座很高的木棚，而且上方有平台的，看似用作舉行儀式活動。正當在場的人在喧嘩，說個不停時，一名老翁站了出來，鐵茶認得這人便是昨天在祠堂輕視林小當的村長。

「大家肅靜，我有話要說。」

眾人聽得村長這句話，當即閉起嘴巴。

「洋鬼子要在這地方升起他們的國旗，我們作為這條村的村民，怎能袖手旁觀？我們不能有負列祖列宗的！」

在場的村民聽得村長這番話，紛紛吶喊稱是。

「我們把這木棚燒了，給洋鬼子還以顏色的！」

「待他們發現沒有木棚了，只怕要大吹鬍子生氣。」

「那些紅鬚綠眼膽敢在太歲頭上動土，我們要洋鬼子沒戲唱！」

鐵茶聽見他們把洋人罵得狗血淋頭的，心裡暗暗好笑。

「點火，把這木棚燒了！」村長高聲說著。

只見數十把火炬同時往木棚點著，頃刻間燃燒起來，濃煙直到天上。眾人大感快意，把這木棚毀了。然而，香港殖民政府早收到情報，指有當地村民意圖阻撓升旗儀式，於是派巡捕廳首長木今里帶領多名部下前往大埔阻止村民生事。當他們到達當地時，卻見遠處上空濃煙彌漫的。木今里從懷裡掏出望遠鏡，驚見準備舉行升上大英帝國國旗儀式的場地被一群村民所破壞，木棚被燒得火光紅紅。木今里怒不可遏，他認為這是對香港殖民政府的嚴重挑釁，於是親率部下急往現場追捕村民。在場的村民突然看見有多名洋人急奔而至，不禁驚訝，紛紛起哄。

「這些洋鬼子怎會來的？」

「洋鬼子怎會知道我們在這裡的？」

正當鄧大山等人準備逃跑時，卻聽見一把女聲在叫罵。

「你們這些男人在昨天不是說要給洋人好看的嗎？幹麼碰見洋人便如老鼠見貓般逃走？」

鐵茶這句話猶如有魔力般，使逃跑者當即住步，轉過身來。

「就連一個女子都不怕洋人，我們這些男子可不能退縮，兄弟們上！」鄧大山大叫著。

在場的村民齊往木今里等人衝去，高聲叫喊。其中一個英籍巡捕揮棒往鄧大山頭上打去，把對方打得頭破血流。林小當見狀，急使出散手把那巡捕摔倒，然後把鄧大山扶起來。

「鄧大哥，你沒事吧？」

鄧大山一抹額頭，驚見手上沾滿血，就在他想臭罵一頓時，卻見那巡捕站起身來，準備從後往林小當頭上打去。在遠處的鐵茶見狀，大驚失色的，正當她想高聲呼叫對方時，卻見林小當如身後長有眼睛般，急往側面移動，然後反手打在對方的腰上。那英籍巡捕身高達一米八以上，而且身形健碩，眼見被這個不顯眼的小子打了一掌，大感羞辱，於是挽起衣袖，猛撲過來。林小當急欲相助其他村民，不願與此人糾纏。只見他向前急奔，然後使出擒拿手來，把對方重重摔在一旁。在場的村民面對這些洋人巡捕時，心裡始終有所畏懼，不敢跟對方搏鬥。可是剛才林小當連番把個子甚高的洋人擊倒，這可令在旁看著的村民大為振奮，敢跟對方廝鬥。林小當左衝右突的，接連把多名巡捕摔倒。

木今里在旁督戰，他發覺己方的大好形勢，突然被這一人所擾亂，令這一群烏合之衆竟能站穩陣腳，而且漸處上風。鄧大山等人拿起木棚所燒成的木條，而且不怕燙熱，猛往那些巡捕身上打去。木今里見形勢開始不對，於是急召回部下往小徑撤退。在場村民雖受傷，但見把洋人巡捕擊倒，無不縱聲歡呼。林小當首嘗把外敵打敗的滋味，呆呆的站著。

「兄弟們，剛才全賴林大哥大顯身手，我們才能把洋鬼子打跑！」鄧大山高聲說著。

在場村民紛紛道謝林小當，跟昨天受冷待的情況截然不同。鐵茶站到林小當面前，臉上流露傾慕之意。

木今里跑到附近的文武二帝廟躲藏，他想到自己以殖民政府的巡捕廳首長身分，竟要藏身在這落後鄉村的廟宇裡，逃避那些被征服的新界村民，大感羞愧難當。木今里帶著滿是傷痕的部下連夜乘坐小船，倉惶逃回香港西區。靜月得知丈夫敗退而回，大感意外。於是自薦一起回到村莊把敵人殺退。這些年來，木今里已知其妻身手不弱，而且更勝男子，所以同意靜月伴隨，把孩子交給家傭照顧。木今里向殖民政府請示調派一百名英軍來，而且坐上戰艦來準備作戰。

這個時候，林小當和大埔的村民尚未知危機迫近。他們還沉醉在昨天的小勝中，鄧大山等人為答謝林小當助拳，特意帶他和鐵茶到附近村莊遊覽，欣賞當地的風貌景色。然而，天空突然下起滂沱大雨，他們沒有帶備雨傘，急走到簷下避雨。這個時候，鐵茶發現路上的一棵小樹被風吹雨打得搖搖欲墜。她蹲在那棵小樹旁守護著，以外衣遮擋雨水。林小當感到好奇，於是走上前一看。

「鐵茶，現在下著大雨，還待在這裡幹甚麼？」

「我不能走開的，否則這小樹會被吹得連根拔起！」

林小當聽見她這句話，霎時覺得眼前這女子身上就似發著光芒，蘊藏著人間的真善美。他立刻脫下外衣，跟鐵茶一起守護這棵小樹。固定其底部的泥土。風雨過後，林小當和鐵茶看見小樹安然無恙，均感鬆一口氣。他倆看見對方也是全身濕透，不禁好笑。鐵茶看著眼前的小樹，忽然心有靈感。

「林大哥，我倆跟小樹有緣，不如替小樹起一個名字。」

「起名字？這個我可不在行呢，我只希望這樹能快高長大，健健康康的生長。」

「希望小樹能達成林大哥的心願啦。不如就叫作許願樹。」

「許願樹？這名字似不錯呢。」

「真希望這小樹日後能茁壯成長，實現更多人的願望呢。」

林小當和鐵茶在岸邊附近閒逛，看著風雨過後的景色。他倆看見前方有漁民正在捕漁，似有收獲。林小當忽然想起從前在婆羅洲海邊捉魚的時光。他自離開南洋後，見盡人性的黑暗。有的販賣婦女，有的賣鴉片茶毒同胞，出賣國家民族，更有的為求目的而殺害無辜。這些人為了錢財利益，甚至可以出賣自己的靈魂，成為一隻長著獠牙的惡魔。此時此刻，林小當心有所悟。雖然在南洋那地方經歷了千辛萬苦，卻能清楚感覺自己仍是人。

「林大哥，你可以答應我一件事嗎？」

「甚麼事？只要是妹子你所說的，我定當盡力辦到。」

「之前你不是說曾到南洋嗎？我想你帶我一起到南洋看看。」

「這個嘛，也不是不能。不過那地方很遠，我們坐船也要數月才到達呢。」

他想起永遠睡在當地的三位師父，心裡不禁黯然。

「只要有林大哥在身邊，我便不怕，而且我從未出過遠門，也想見識其他地方。」

微風吹在鐵茶的臉上，她的嫣然一笑，林小當在旁傻傻的看著。然後看著身旁那伊人的雙眼說：

「好，我跟你約定了，我們一起去！」

就在他倆滿心期盼一起出海到南洋時，突然看見有一艘戰艦漸漸駛近。林小當隱約看見船頂上插著一面英軍旗幟，他暗叫不妙，立時握著鐵茶的手離開。

「英軍回來了，只怕帶上了厲害武器，我們快通知鄧兄等人有危險！」

鐵茶眼見林小當神色間流露著少有的懼意，不禁擔憂。待戰艦駛至岸邊後，木今里首先落到地面，他眼看四周沒有敵人在埋伏後，便指示靜月和百名英兵下船。

靜月穿上高級將領的服裝，頭戴著軍帽，一臉英氣的。她對木今里這位丈夫沒有絲毫感情，今次隨行而來只為一解被束縛了數年的鬱悶，而且能親上戰場來觀察英軍的實力。木今里放眼所望，附近山路崎嶇，而且長滿青草。他們不清楚附近一帶的地理環境，不能貿然大舉進攻，只得逐處搜索。正當木今里打算從山路直去時，靜月卻發現旁邊的小徑似曾有人踏足的痕跡。她在想繞過山路而行的話，雖然會增加路程和搜索時間，但總能找到獵物，於是下令全軍繞過山路而行。木今里素知妻子行事果斷堅決，也不違背她的意思。他們經過山坳後，發現在草坡中有數名鄉勇在躲藏，其中一人正是鄧大山。靜月發現其行蹤後，立即下令士兵將其射殺，以掃昨天敗陣的陰霾。

就在林小當和鐵茶趕著把消息通知鄧大山等人時，突然聽見附近傳來數聲槍聲。林小當心下暗叫不妙，只怕敵人已經把其中的鄉勇殺害。他生怕英軍會把所有鄉勇一網打盡，於是急和鐵茶趕回村莊。其他鄉勇得知英軍重臨，而且配有火槍，實在難敵，只得暫時撤退。林小當決定跟一眾鄉勇共同進退，以助他們抵抗洋人的追擊。他讓鐵茶留在村莊裡躲藏，不讓其冒險跟隨。

眾鄉勇急往錦田而去，他們在途中經過當地的文姓村莊。當地的村民得知這些鄉勇因燒毀了英人準備舉行升英國旗的場地而被追捕，在同仇敵愾下，當即照應他們。

「這些洋人入侵我們地方，現在竟來追捕村民，實在欺人太甚。」

「我們文姓的村民先祖是文天祥，自不會投降洋人的。定當力抗到底。」

傍晚時分，木今裡帶領著英軍走到錦田附近一帶追截，他們在迫問當地的村民時，得知確有其他村莊的數十名村民來至。靜月眼見這裡的房屋散落，只怕有鄉勇埋伏各處，她要求木今里下令士兵一字排開，然後手持火槍，準備攻擊。

「所有躲在屋裡的村民都站出來。否則我下令開火！」

林小當正跟其他鄉勇分別隱身在各房屋裡，忽然聽到敵人的喊話，只覺這聲音似曾聽過。

「各士兵聽命，當我數至三時便開火！」

「一！二！」

眾鄉勇聽見敵人準備開槍，不禁吃驚。正當他們手足無措時，林小當破門而出，他抬起木桌往英軍擲去。正在門外候命的士兵忽然見到一張木桌迎面擲來，急撤離躲避。林小當正要爭得這瞬間，他急喚同伴撤退。就在這個時候，有一人從後而至，揮掌往林小當身上拍去。林小當聽得身後有敵人來襲，急回了一掌。當他瞧見對方的面容時，不禁一呆。

「小不點，是你？」

靜月突然聽得敵人這般叫喚她，大感意外，待定神凝視對方的臉時，不禁驚訝。

「是你？怎麼你還未死？」

林小當聽得靜月這般無情的回話，霎時想起曾被她行刺，險些喪命。

「你之前怎麼要殺我的？我可沒得罪你啊！」

「你殺了我父親，我自然要殺你！」

「甚麼？我哪有殺你的父親？」

「山本夫便是我父親，我是他的女兒山本雪子！」

靜月待林小當分神之際，立時掏出匕首往他身上刺去。林小當突然看見寒光一閃，下意識間伸手一擋，卻立時被劃了一道，血濺當場。靜月眼見刺不中對方要害，於是上前再補上一刀。林小當見她殺氣騰騰的，就似換了另外一人，不再是從前所認識的靜月，他在情急之下縱身一跳，把靜月踢倒。

「你父親不是我殺的，那姓山本的和其他會武功的日本鬼子殺死了我三位師父，而且強迫其他人替他們種植罌粟，喪心病狂的。你好自為之吧！」

林小當雙目如炬，一臉正氣的對著靜月說，然後轉身離開。

木今里上前欲扶起靜月，卻被她用手掙開。靜月只覺心中有一股怒氣難消，她見其他鄉勇都趁機逃走了，不禁大怒，於是指示丈夫命人把這村莊內的一道鐵門取走，當作是戰利品，以洩心忿。在當晚，鄧姓和文姓的鄉勇急撤出錦田，然後往石頭圍村奔去，他們眼見英軍配帶了火槍，實難以對付。

「那些洋鬼子身上有火槍，我們不能力敵，只能智取。」

「我們到山上伏擊吧，待那些洋鬼子經過山下時，我們便把大石擲向他們！」

「此計甚妙，大家分頭行事！」

翌日清晨，木今里和靜月一行人搜索至石頭圍村。

附近的村民看見忽然有洋人士兵到此，紛紛緊閉屋門不敢外出。

「那些村民應該是沿這路逃走的，怎麼還未有發現？」

「難道他們是另走方向？」

就在木今里感到疑惑時，突然聽到附近傳來巨響，而且聲音漸近。靜月立時戒備，待她環顧四周時，突然看見山上有一巨石滾來，其勢猛急。就在靜月想開口提示各人時已來不及，只見巨石把多名士兵撞倒在地上。木今里見狀大怒，急命士兵拔槍戒備。就在這個時候，山上又有多塊巨石滾來，而且是分從不同方向擲來。眾士兵急四散逃走，卻仍有士兵躲避不及，當場被巨石壓死。靜月拿出望遠鏡往山上瞧去，所見約有數十人分站在山頭各處。她略一沉思，想起大島日昔日在訓練一眾間諜時，所授的軍事策略。

「快命令士兵分站山下遠處，不讓敵人離開這山。我們派人在山上點火，只要有村民逃命下山，我們便立即開槍射殺！」靜月滿臉殺氣的跟木今里說著。

木今里聽得妻子這般說，心下不禁一凜，忽感到一股莫名的寒意。他不敢逆其意，於是跟副將覆述指令。士兵在山上燃點起火種，此時正刮起大風，過不多時，山上便火光紅紅的，一眾鄉勇突然感到一股濃煙氣味，起初還不以為然，待看見附近竟是火海一片時，各人不禁倒抽一口氣，驚惶失措。他們急往山下跑去逃生，可是有的躲避不及，立時被活生生的燒死。有的得已下山來，卻突然被士兵射殺。

靜月挽著雙臂的靜看眼前形勢。只見山上如出現著一條火龍般，轉眼便把山上的所有東西吞噬。山上偶然傳來淒厲的呼救聲，卻霎時戛然而止。靜月嘴角間流露著滿意的笑容。她自出賣自己的靈魂，跟一位對其沒有半點感情的洋人結婚生兒後，心裡便開始厭惡這個世界，尤其是滿身汗臭的男子。靜月極之痛恨其義父再三迫她幹違背良心的事，心底下的感情已扭曲得麻木殆盡。正當她在冷眼旁觀著山上的一切時，忽然見到有一男子正急往山上跑去，正是林小當。

靜月從望遠鏡中看著。只見林小當如箭般趕到山上。他眼見前方正有數名鄉勇被火舌包圍，轉眼便要被火海吞噬。林小當急環顧四周，見遠處有一巨石在旁，是早前準備來投擲英兵的，他提氣一跳，走到巨石前，然後使上畢生所習內功，急往前推去。那數名鄉勇看見這巨石竟似自行移來，不禁一驚，就在這個時候，巨石後卻傳來對話。

「我來擋著火，你們快走！」

林小當把巨石推向火舌前，立時阻擋了火勢，讓那數名鄉勇趕快逃生。就在林小當稍稍喘息時，忽聽得附近傳來呼救聲，他嚇了一跳，急往聲音傳來方向奔去。只見有一棵被火燒著的樹幹正往樹下數名鄉勇頭上跌落。在這千鈞一髮間，林小當忽提氣一躍，然後使出擒拿手把那棵樹幹打落至遠處。他手上本已被靜月所傷，現在再被樹幹上的火所燙傷，痛得幾乎使不上力來。

「大哥！你受傷了嗎？」其中一名鄉勇問著。

「不礙事，你們快逃！」林小當忍痛說著。

靜月看著林小當左衝右突的在救被山火圍困的鄉勇，心裡似有一把聲音在跟她說話。

「快把這人射殺！」

靜月不自覺的說出心裡浮現的這句話。旁邊的士兵聽著，自不敢違背其命令，立時舉槍瞄準敵人的位置。

靜月看著林小當的身影時，忽然想起曾經跟他和鐵茶一起到妓院救被拐賣婦女的自己，那個暫居在上官宅的自己，那個跟上官學相愛的自己。靜月的腦海霎時間浮現著自己過去的模樣。

「一切都不能回頭了……」

靜月心裡就似有一把聲音在跟她說話，而自己過去的模樣也在腦海裡變成是在夜間暗殺目標人物，把無辜婦女獻給首領姦淫，潛伏在當地收集情報，捨棄心中所愛跟陌生人成親的自己，那個沒有靈魂的自己。

「開火！」

靜月用冷酷無情的聲線下達指令，要把過去的自己殺死。

只聽得「砰」的一聲。

在望遠鏡中所示的那個年輕男子，被現實無情的殺害。

這個男子在臨死前的瞬間，想起日前曾答應一位姑娘所說的事……

「林大哥，你記得曾答應我要一起到南洋的，可不能負約。」

這個時候，那位姑娘正默默祈求上天保佑著心中所愛能安然歸來，攜手到老。

這歷時六天的戰爭，不論是新界的鄉勇還是英兵都有傷亡。香港殖民政府為對新界實現長治久安，決定以懷柔政策管治新界，期望與各鄉村耆老通力合作和加強溝通，透過尊重鄉村傳統的政治方針，來安撫尚在悲痛中的村民。

「雪子，國際形勢有變，你由明天起到大清的東北搜集情報，聽命於由佐久間隆盛所統領的皇軍。」

靜月看著大島日所發的電報，心裡沒有半點情緒。她看著跟木今里所生的孩兒，滿是疑惑和厭惡。

「這小洋鬼子是誰？我可不是這娃兒的娘。」

靜月乘夜把這孩子放在西華良局的門外，然後不屑一顧的前往大清的東北。她下定決心此生不要再讓自己受到傷害，從此在世間上只相信自己，也只擁有自己。靜月於是不再穿著女裝衣服，只以男裝來示人，不屈服於他人下，玩弄各目標人物於股掌間。

「我們今年也要把新年福袋派給這區的獨居長者呢。」

「轉眼又一年了，這些『老友記』定會很高興呢。」

馬晉正在忙於安排義工探訪長者，他已在社區機構工作多年，由初出茅廬的小子成長為獨當一面的職員。馬晉以前多埋首於辦公室裡處理文件，現在卻漸漸喜歡在前線工作，跟會員互動，接觸更多社區人士。

「陳婆婆，我和義工會於明天早上把福袋拿到你家呢，緊記不要外出啊。」他特意提高嗓門說著，以讓電話另一端的長者能清楚聽見。

就在翌日的早上，馬晉和幾名青年義工到區內的一座舊式公屋，準備把福袋派給數戶的長者。

「是陳婆婆嗎？我是晉仔ㄚ，我和這幾位年輕人是來探望你的。」一會兒後，一名滿頭白髮的婆婆打開家門，只見她走起路時步履蹣跚的，臉上布滿歲月的痕跡，卻掛著慈祥的笑容。

「小子，謝謝你們ㄚ，不過也不知道明年是不是還能看見你們呢。」陳婆婆咳嗽著。幾名年輕義工聽見這句話後不知應該怎樣的回應，神色尷尬得很。

「在走廊前的第一戶單位，好像從來沒有人去探望的，你們看看是否也可以派給對方吧。」

馬晉轉身一看，不禁倒抽一口氣，只見整條走廊的每戶單位也在門外放了化寶盆，那是祀祭先人的器皿，而且是燃燒著的。在走廊的左右兩旁，同時約有二十個化寶盆燃點起火來，不可謂不壯觀。幾名年輕義工嚇得臉色蒼白，不敢前進，馬晉心底自然害怕，而且沒有為對方預約探訪，所以大可轉身離去。可是，他看著手上的福袋，腦海浮現著一個念頭，就是把東西派給有需要的弱勢社群。於是，馬晉決定前往一探，走過那令人不寒而慄的走廊，卻見這戶單位關上門。他正想按下門鈴時，卻發覺自己雙手顫抖著，心驚膽跳的。

「你好，我是X社福機構的職員，請問有人在嗎？」馬晉按下門鈴後說著。

然而，這道門後並沒有人回應。馬晉只得一邊敲門，一邊再說一次。可是隔了一會兒後，依然寂靜一片。正當他和義工準備離開時，眼前這戶的屋門慢慢地打開了，出現在他們眼前的是一位看似剛剛才穿上衣服，急於前來開門的老婆婆，眼神流露著疑惑的目光。

「有甚麼事嗎？」

這位婆婆以帶有鄉音的粵語說著。

「婆婆你好，我叫馬晉。是X社福機構的職員，今天來這裡是把福袋送給有需要的獨居長者。」

「是吖，福袋內有一小包的白米、油，還有紙巾呢。」義工說著。

馬晉看見這位婆婆眼泛淚光的，把福袋緊緊的拿著。

「小子，好多謝你們呢。」婆婆哽咽的說著。

馬晉環顧四周，發現這位老婆婆的家裡可以「家徒四壁」來形容。客廳只有一張摺桌和兩張摺凳，再沒有其他傢俬了。唯一的娛樂便是以收音機作伴，收聽電台節目。

在七十年代的社會，你很難會想像得到有住戶的家居情況是如此簡陋。可是換個角度來說，這可讓馬晉、義工、甚至社會來反思，其實我們所擁有的已足夠了。

「對了婆婆，不如你成為我們中心的會員，待日後也能方便聯絡你，是免費入會的。」

馬晉拿出會員申請表，讓義工幫婆婆填寫。

「婆婆，你叫甚麼名字ㄚ？還有出身日期及聯絡電話呢。」

「我沒有電話啦，也沒有親人可以聯絡了。」

婆婆的說話令他們不禁傷感起來。

「婆婆，可以借你的身分證來填寫資料嗎？」

「我身分證上的姓名和出生日期是不對的，是我當年從東北逃難到香港時，自己所改的。」

馬晉把福袋送給長者後便和義工們離開這地方。當他們準備關門時，那婆婆帶著詭異的笑容說著。

「別動，又想作弄別人嗎？真是頑皮呢！」

馬晉清楚聽見背後的這句話，不禁嚇了一跳。他轉身一看，卻沒有發現其他人。馬晉為了不讓義工受驚，當作甚麼也沒有聽見，裝作淡定離去。

天色已晚，走廊上的照明燈忽明忽暗，帶著一陣的陰寒。

「孩子乖，媽哄你睡覺。」那屋裡傳來這句話。

＊＊＊（全書完）＊＊＊

書名	月鄉淚之約
作者	司馬朗奴
封面插畫	司馬朗奴
出版	超媒體出版有限公司
地址	荃灣柴灣角街 34-36 號萬達來工業中心 21 樓 2 室
出版計劃查詢	(852)3596 4296
電郵	info@easy-publish.org
網址	http://www.easy-publish.org
香港總經銷	聯合新零售(香港)有限公司
出版日期	2022 年 5 月
圖書分類	流行讀物
國際書號	978-988-8778-89-8
定價	HK$78

Printed and Published in Hong Kong